Peer Gessing

Briefe aus dem Jahr 4000

vorwärts

Peer Gessing

Briefe aus dem Jahr 4000

vorwärts

Impressum

Bibliografische Information der Deutschen Nationalbibliothek

Die Deutsche Nationalbibliothek verzeichnet diese Publikation in der Deutschen Nationalbibliografie; detaillierte bibliografische Daten sind im Internet über http://dnb.d-nb.de abrufbar.

TWENTYSIX-Der Self-Publishing-Verlag
Eine Kooperation zwischen der Verlagsgruppe
Random House und BoD-Books on Demand

Herstellung und Verlag:
BoD – Books on Demand, Norderstedt

ISBN 978-3-7407-1633-2

Inhaltsverzeichnis

vorwärts

Gedankenmenschen.
Subjektive.
Zerstückelte Bündelungen.
Isolationskabinen.

4001

Die Welt ist ein Kreis. Das Jahr viertausend hat gerade begonnen. Die Menschen sind winzig klein. Ausgewählte Punkte, die nicht mehr wachsen können, die nicht mehr sterben und die sich nicht vermehren. Die Raumzeit ist die Messlatte der Realität, ansonsten gibt es keine Uhren. Die Menschen schlafen nicht, sie haben keine Träume. Das Jahr 4000 ist Teil der Ewigkeit. Lichter stehen vergessen. Raupen warten auf Schmetterlinge. Die Punkte haben keinen Kern. Sie können nicht einmal ihre mathematische Größe bestimmen, blicken stundenlang in stumme Gesichter, wünschen sich auch weiterhin alles Gute. Sekunden als Gesprächsräume, die aus elektronischen Signalen bestehen. Die Nahrungsaufnahme ist überflüssig. Es gibt weder Wein noch Orangen. Keine Gummimäuse und keine Kekse. Zuckerguss ist eher unwahrscheinlich. Es gibt keine Götter und keine Farben. Keine Notschlachtungen, keine Reifengrößen, keine Normgitter, keine Stinktiere, keine Vorsicht, kein Rückwärts, keine Begriffe. Keine Sorgen und keine Freuden, keine Badegäste. Nebel, Regen und Sonnenschein.
Das Jahr viertausend ist der Beginn einer neuen Zeitrechnung. Veränderungen sind schwierig geworden.

4011

Zahlen sind wie Sandstürme. Die Häuser der Menschen haben sich von der Erdoberfläche zurückgezogen. Es gibt ständig neue Subkulturen und Mutationen, wir befinden uns im Jahre viertausendundelf. Gefahr und Lust liegen eng beieinander. Zwischen den Kulturen ist trotz steigender Vernetzungsoptionen die Verständigung schwierig. Eins, zwei, sieben, so zählt ein kleines Kind, denn die Menschen haben gelernt das Alter frei zu wählen. Sie können ihr Leben frei bestimmen, sodass sich alles im Fluss befindet. Diese Flexibilität erscheint großartig, kann einen aber doch auch verwirren. Die Werte sind fließend, das Klima unerträglich, das Glück hat dennoch einen Weg zur Erfüllbarkeit gefunden. So stehen wir auf und können nach dem ersten Kaffee eine Existenz wählen. Dazu wird ein Login ausgeführt und sogar die Dauer der Existenz kann präzise bestimmt werden. Die Begrenzung liegt bei sieben Tagen und ist mit dem nötigen Kapital durchaus erweiterbar. Ein Lebensalter kann nur zweimal wiederholt werden. Wahrscheinlich müssen wir sterben, um wirklich zu leben.

4020

Einsame Drehtüren schlagen im Takt der Zeit. Verliebte Sender strahlen Impulse in die Zwischenräume. Kaninchen regieren die Erde. Sie schreiben das Jahr viertausendzwanzig und überwachen ihre hydraulischen Springbrunnen, die unablässig auf- und niederfahren. Streiflichter dienen der nächtlichen Heiterkeit. Himbeeren sind heilig. Zaunkönige werden in beliebter Regelmäßigkeit auf Dornen gespießt, fast so wie in den alten Märchen. Kaninchen zertreten schweigend, in der allgemeinen Freiheitshysterie, das bleiche Getreide, stolzieren mit künstlich verlängerten Ohren in blau gestreiften Kugeln. Elektrisch betriebene Hühner vertilgen das Unkraut auf den unendlichen Brombeerplantagen. Die Kaninchen erfreuen sich am Anblick gerupfter Hühner, die ausgewählt worden sind, in elektrische umgebaut zu werden, aber es bestehen ausreichend Wartungsverträge. Selten beklagen sich die Kaninchen über ihre dunklen Quartiere.

4117

Teile, Ziele und Unterordnungen verschwinden mit der Rassenangleichung. Vielfalt liegt im Bereich der Möglichkeit, wurde aber nicht weiterverfolgt. Seelöwen rasen mit Überschall über die senkparallel zur Sonne stehende Weltenscheibe. Scheinbar sinnlos in vollkommener Anarchie. Das Fliegen ist notwendig wegen der fehlenden Anziehungskräfte. Jedes weitere Leben ist von der goldenen Scheibe gefallen. Zusätzliche Antriebsraketen sind sehr beliebt. Stürzende Seelöwen fallen hinab in die Tiefen des goldenen Ozeans. Seit langer Zeit ist das die Wahrheit, und niemand weiß, woher die Ingenieure kamen. Wir befinden uns im Jahre viertausendeinhundertundsiebzehn, allmählich verschieben sich die Grenzen zugunsten einer verlässlicheren Illusion. Scheinbar schwerelos schweben die Seelöwen durch die dünne Luft. Der Seelöwe Raphael ist abgestürzt, ohne seine Heimat je vergessen zu haben. Die Länge der Kreise bestimmt die Folgerichtigkeit, ständig.

4127

Die Menschen haben vier behaarte Beine. Affen haben aufgehört als Sensation zu gelten. Die Mäuse atmen durch Kiemen und die Frösche haben Schneidezähne. Bäume können beim Wachsen ihre Richtung ändern, ohne die Sonne zu beachten. Dieses Phänomen war die Grundlage für die Entstehung der Pipelinebirken. Emus mit gestreiften Hälsen balancieren darauf, wenn ihnen langweilig wird, vor und zurück, solange sie können. Gut getarnte Gorillas stellen sich ihnen in den Weg, weil sie schon die Grillfeuer vorbereitet haben. Besonders beliebt sind Emus mit über viertausend Flecken, Hühner mit viertausend Federn, Nächte mit viertausend Sternen, wegen der Zeitverbindungen. Sonderbare und vorschnelle Gerüchte bewegen die Gemüter, weitläufig veränderbare Düfte.

Die Drachen sind seit langen Jahren ausgestorben. Die Tiere suchen Zerstreuung. Es wird viel gelacht, obwohl nichts mehr ungewöhnlich ist. Wunder wechseln sich ab mit Wolken und verdunkeln die Sekunden. Viertausend Jahre gehen nicht ohne Spuren vorüber.

Die meisten Tiere wollen mit der Vergangenheit nichts zu schaffen haben. Vulkane brüten und brechen in die Stille hinein. Die Möwen jagen fledermausartige Wassermücken, verrenken sich die Hälse mit dem festen Vorsatz, bei den nächsten Olympischen Spielen zuzuschauen. Die Vergangenheit ist noch lebendig, weil die Traditionen nicht vorübergehen. Die Stille bereitet den Schrecken vor. Viertausendeinhundertundsiebenundzwanzig.

4138

Heute bezeichnet, morgen belächelt, Zuversicht. Stille Horizonte, untergrabene Städte. Problemloses Schweben und wertlose Gewissheit in der Mannigfaltigkeit. Zerbrochen verstreichen die Jahre. Die Traumwesen rümpfen die Nase. Unempfindlichkeiten. In Bedarfsfällen werden Glücksexperimente gestartet. Viertausendeinhundertundachtunddreißig und achtzehn Tage. Es gibt keine Blumentöpfe mehr. Luftschlangen. Bauchtänzer. Ausgeglichene Lebensdaten. Verbotene Bescheidenheit. Gesetzliche Zufriedenheit als politische Berechnung. Himmlische Beleuchtungsakrobatik. Bewertete Beliebigkeit. Kurzwellenhypnose, ausdrückliche Überschlagsbeteiligung, weil die Worte alleine nicht leben können. Verpackte Ruhe inmitten des Sternentanzes. Gestreifte Ziegenmilch mit Schokoflocken. Streben, untermalen, leben. Riesige Hochhäuser ragen in den Himmel, die bis tief in die Erde Etagen tragen. Oben ist der Himmel und unten ist die Hölle. Schornsteinfeger, Parkhauswächter, Staubsaugervertreter. Eine spezielle Schutzhaut aus Glas überspannt die Wörter, weil Wind und Regen sich nicht bestechen lassen.

4152

Wir unterscheiden, beweglich und unbeweglich, drehbar und fest, weit und fern, Wüste und Ackerland, Wagnis und Sehnsucht, Wert und Vergangenheit, Laserpunkte und Narzissen, Hafenstädte und Sternwarten, Wirkungen und Fürsorglichkeiten, Wasser und Land. Das Gelände ist weiträumig abgesperrt. Untersuchungen zu Unterscheidungen werden gefordert, aber nicht realisiert. Die Worte sprechen doch für sich. Wir stehen am Beginn der Farben. Viertausendeinhundertundzweiundfünfzig. Laute und Klänge. Man wüsste gerne, was eigentlich ist, wo Vorteile nützlich und direkte Hindernisse beweglich geworden sind. Wir möchten schließlich nichts bereuen. Wortreste werden in Schalen gesammelt. Die Systematik alleine ist nicht als positiv zu bewerten. Stempel alleine genügen nicht. Es geht hin und zurück. Wir wollen den richtigen Moment nicht verpassen. Die Vorsicht unterscheidet sich von der Angst. Wir versuchen Kompromisse vorherzusehen, um ihnen aus dem Weg zu gehen. Wessen Schuld, wessen Hosen. Wir haben Lust auf Abenteuer und bewachen die Ergebnisse. Hoffen, dass die Etiketten auf den Schränken haften bleiben. Die Schränke sind verschlossen, kostbare Schalen ruhen in ihnen. Die Schlüsselnummern sind auf die Innenseiten der Türen graviert. Niemand fühlt sich verantwortlich. Wir unterscheiden heute Ölsardinen von Triebwerken, Reichweite und Belastbarkeit, Kataloge und Taubenflügelschläge, Süßes und Saures, Ohnmacht und Übelkeit. Der Generalschlüssel ist Herr über die Schränke und Herr über die feinsten Unterschiede.

4198

Die Schwester der Wirklichkeit bekennt sich zu ernsthaften Witzen. Der Bruder der Täglichkeit ist eingeschlafen. Der Wandel vollzieht sich laufend. Das Neue wird erfunden. Ein Huhn strebt leise nach Vollkommenheit. Wie sehr? Vielleicht. Und immer wieder. Im Jahr viertausendeinhundertundachtundneunzig wird jeder Versuch zum erfolgreichen Irrtum. Die Menschen essen Eis in großen Würfeln. Umsichtig, besorgt, gelegentlich unkonzentriert. Sie tragen isolierte Kisten auf den Köpfen. Inzwischen sind die meisten Gletscher von den Menschen aufgeleckt, weil sie erreichbarer schienen als die Polkappen. Alle Maschinen werden mit Wasserstoff betrieben. Die werten Herren haben sich diesem Muster angepasst und die Gletscher abgetragen. Im Anfang schien alles ein harmloses Spiel zu sein, denn die Schrecken stellen sich immer hinter die Ereignisse. Sie sind zu schüchtern im Rampenlicht zu stehen. In diesem besonderen Fall wären sie im Rampenlicht geschmolzen. Die Arktis ist das Urlaubsland Nummer eins. Die Menschen haben keine Zähne und keine Ohren mehr. Die Tränensäcke sind hart und kalt. In den Adern tanzen Schneeflocken. Die Warmblüter sind ausgestorben. Worauf sie sich verlassen können. Der Eisgenuss belebt die Welt. Die entvölkerten Hitzegürtel der Erde wollen daran teilhaben. Bereichsprogramme und Notversorgungsanalysen wollen das Schlimmste verhindern. Verständliche Geschichte von verzerrten Thermometern.

4216

Viertausendzweihundertundsechzehn. Das Leben läuft zick-zack. Die Menschenalter sind nicht mehr stur festgeklebt am Einzelwesen. Jeden Morgen der überraschungsbringende Blick in den Spiegel. Ausgenommen sind die Tage mit zu großer oder zu kleiner Dichte. Es empfiehlt sich alleine zu wohnen, obwohl sich die Extremmutationen nicht allzu oft wiederholen. Der jeweilige Rhythmus wird bestimmt von der Persönlichkeit. Menschen können sich hervorragend ergänzen oder sich das Leben erschweren. Politiker haben immer mehrere Stellvertreter. Im Regierungspalast wurde schon vor langem ein Spielzimmer eingerichtet, um die jeweiligen Abgeordneten von altersbedingtem Unfug abzuhalten. Der kleine Präsident spielt am liebsten mit der gelben Eisenbahn. Sein erster Stellvertreter bevorzugt Bauklötze. Der vierte Stellvertreter trägt immer einen roten Pullover und ist mitunter jähzornig. Einmal hat er die offizielle Spielberaterin getreten. Die Feuerwehr wird dienstbereit gehalten. Stellen sie sich den Morgen vor. Das Leben erfindet sich jeden Tag neu. Wer sich nicht daran gewöhnen möchte, der schafft alle Spiegel aus dem Haus. Wenn man gerade keine passenden Kleider hat, bleibt man eben zuhause. Findet das richtig so. Das Problem der Umwandlung laugt den Körper, trotz der wandlungsfreien Tage, aus. Die Menschen sterben etwas früher. Die Abwechslung sollte dafür Lohn genug sein. Die Stetigkeit vergangener Zeiten scheint unglaublich. Anders schön.

4217

Qualitätssicherung trotz formaler Verschiebbarkeiten. Mohrrüben, die über acht Meter lang werden. Spezielle Grabkräne. Riesige Wühlmäuse. Größere Kochtöpfe. Menschen und Fahrräder. Entspiegelte Brillengläser. Sportgaststätten. Johannisbeeren so groß wie Fußbälle. Geschrumpfte Waldameisen. Beleuchtete Kanalisation. Das Wagnis ist geblieben, der Mut und die Angst und die Liebe. Viertausendzweihundertundsiebzehn. Unschuldige Fingernägel. Schonungslose Schornsteinfeger. Mohrrübenrüttelmaschinen. Wurfkartoffeln. Geisterhäuser. Die Annexion des Mondes hat stattgefunden, die Besiedlung des Jupiters. Kinder, die in der Schwerelosigkeit Spezialnahrung erhalten, sie könnten die Erde mit ihren Händen umschließen oder davontragen. Mitwachsende Raumanzüge. Riesenkinder auf der Suche nach Käseplaneten. Hoffentlich wird die Welt nicht aus Versehen aus ihrer Bahn geworfen. Hoffentlich versuchen die Kinder nicht die Erde aufzublasen, um ihre Heimat neu zu besiedeln. Man würde ja gerne der neuen Realität gerecht werden. Die Porzellanindustrie jubelt. Die Untertassen haben einen Durchmesser von mehreren Kilometern. Die Auftraggeber sind reiche Eltern, die ihren Kindern etwas Brauchbares auf den Weg geben wollen. Den Kindern fließen vor Entzücken Tränen der Dankbarkeit über die Wangen. Die Tränen bringen einen See zum Überlaufen. Gerade hat sich einer der kleinen Raumfahrer den Mond unter den Arm geklemmt. Die Regierung der Erde kann das niedliche Geschöpf nicht von seinem Plan abbringen.

4222

Strahlendes Grün an Seeufern, violette Wolken über dem sanften Horizont des Meeres. Die Energie, die jeder Mensch verbraucht, wird ausdrücklich ohne Verschmutzung gewonnen. Fließende Sehnsüchte können harmonisch minimiert werden zur Reduktion des Ressourcenbedarfs. Anerkennung und Freundlichkeit sind jedem wichtig. Ferne Galaxien haben zur Erweiterung der Lebensräume beigetragen. Nun ist wieder genug Platz auf der Erde. Viertausendzweihundertundzweiundzwanzig. Wichtige Erkenntnisse werden verbreitet und fließen ein in die Gesetze. Die Welt kennt keine Länder mehr und es ist zur Mode geworden etwas zu teilen, von dem man zu viel hat. Das hat die Unterschiede etwas nivelliert, denn das gilt auch für Gefühle und für Wissen. Die Menschen sprechen miteinander und hören sich zu. Jeden Tag aufs Neue. Wege sind Wege geblieben, Tränen sind Tränen geblieben. Besonders sture Exemplare in allen Bereichen, sofern keine Veränderungsbereitschaft bestand, wurden gezwungen sich einzuordnen. Man kann daher nicht von einem gewaltlosen Planeten sprechen, alleine das Gute zu suchen ist die Leitlinie der gemeinsamen Anstrengungen geworden. An einem Sommertag am Strand spielt der Wind mit den Haaren der Kinder und das Meer schickt seine Wellen, wie seit Jahrtausenden an das sanft ansteigende Ufer.

4227

Sie arbeiten an einer neuen Sprache. Dieser Versuch wirkt eher unverbindlich. Partaleiroba ga ta me. Legas orir gar teime. Bese rota. Toifarogor pirejabo, musta eif. Galteo szee, questor miri tai. An sich besteht keine Notwendigkeit. Doch der innere Eifer treibt die lebenskundigen Erdbewohner zur Eile. Der Sinn der Worte verändert sich laufend, nicht einmal unabhängig von der Tageszeit. Jeder Mensch erfindet seine eigenen Worte, die trotzdem von allen verstehbar sein müssen. Viertausendzweihundertundsiebenundzwanzig. Latresti beifah moreo, kizei posare urrosit. Kolteor borstogee. Meijebo tafe leik. Pilt gei legeiti, moizitigar pelzo lutakee direkt. Dort drüben uatee mir ischo. Dirom kweissit Pesark. Pirandei polfigar tru ka lat. Choll piur gei tobo lageram. Pel. Die Menschen erwarten die Ankunft einer neuen Spezies, die irgendwo hinter der Sonne wohnt. Die Wesen haben Augen in allen Farben und durchsichtige Haut. Die Sprache ist wichtig für das allgemeine Wohlbefinden. Sie könnten die Menschen durch Berührung an ihren inneren Bildern teilhaben lassen. Es ist nicht geklärt, ob sie sterben werden, die Erde wieder verlassen oder bleiben werden. Vielleicht sind sie sehr schüchtern, vielleicht sehen die Menschen sie die Wesen ja gar nicht, denen es ihrerseits genauso gehen könnte. Niemand muss die neue Sprache lernen, weil sie jeder kennt. Es handelt sich um eine Sprache, die jeder Mensch in sich trägt. Jeder beherrscht sie. Sie schläft in einer Ecke des Zimmers, ganz leise. Loitee berota. Molei tscharbo miri. Labe geomehr te latarree. Mista log tedi heit. Sporale questo lesei mar.

4237

Das Paradies betrachtet sich im Spiegel, kann seine eigenen Worte nicht mehr lesen. Man schreibt den Bewohnern der Erde ihr Glück auf Schilder. Auf einem der Schilder steht: „Dies ist das Paradies“. Auf einem direkt daneben: „Sei glücklich“. Kurz und eindeutig sollten die Sätze sein. Die Bewohner müssen sie nachts beleuchten und tagsüber betrachten. Zu etwas anderem bleibt dabei kaum Zeit.

Ich sehe das Paradies. Ich bin froh, fröhlich, zufrieden, belebt, getragen, deutlich. Die Schilder werden regelmäßig erneuert. Die Sätze bleiben die gleichen. Viertausendzweihundertundsiebenunddreißig. Niemand beklagt sich, denn dafür steht keine Zeit zur Verfügung. Das Paradies mahnt nicht, das Paradies fordert nicht. Nichts davon steht auf den Tafeln, keine Zwänge, keine Ängste, kein Unverständnis. Die Anführer können am schnellsten lesen von allen. Schon lange ist das so auf dieser Welt, schon immer. Niemand sagt etwas anderes. Es gibt keine Sklaventreiber und keine Untertanen. Nur Sieger, Leser, Leber, Schildbeleuchter und Schildermacher.

Die letzteren bekommen in den Zwischenphasen des ungelesenen Glücksentzuges eine Erholung zugebilligt. Nicht alle Anführer sind Naturbegabungen, deshalb werden Schnelllesekurse abgehalten.

4241

Ziel ist die Allgegenwärtigkeit. Kein Schlaf. Keine Gesichter, die zu nahe rücken. Nichts Unbekanntes, keine Angst. Abgeschirmtes ich, informative Resignationskoppelungen. 24 Stunden Genauigkeit, ohne Gähnen und Überdruss. Lebensmarathon. Tanz in den Katakomben. Lichterketten am Himmel wie Straßenlaternen. Teilnahmslos begreifen, stufenlos besitzen, die Fragwürdigkeit genießen. Taten und Begriffe, Zorn, Verschwendungssucht und Bewusstseinsrausch. Wir unterscheiden pragmatische Seelenwanderung und ungewollte Grenzverlagerungen. Ungeklärte geistige Verbrechen. Das Ziel als Zwischenergebnis. Schneller als angenommen verfliegt die Begeisterung. Dornen graben sich tief in die Wangen und haben das Lachen verletzt. Kopfschütteln und Händedrücken. Dramatische Verwicklungen, geöffneter Ernst. Hirsche werden geschlachtet. Ketten werden auf Podeste gelegt. Bezüge gibt es genug. Ekstase greift ein in die Täglichkeit. Einsame sitzen einsam auf Feldern. Geröstete Elefanten halten die Menge in Schach. Geduldiges Warten, ohne Angst, viele Schichten, viele Zeitalter. Zweifel jeden Abend, ob das Licht verglimmen wird. Sterntage. Viertausendzweihundertundeinundvierzig. Kleinformatige Kalender. Bruchsichere Brillengestelle, stapelbare Köpfe. Blinde Telefonhörer, stumme Augen. Rollen werden getauscht. Die Welt erklärt sich selber.

4255

Es ist ein Privileg geworden nicht zu reden. Alle Menschen denken laut und können ihr Denken nicht abstellen. Einige haben gelernt zu lügen, aber das ist auch keine Lösung. Der Rest sagt andauernd die Wahrheit. Taube Rädelsführer werden sofort nach ihrer Festnahme hingerichtet. Stummen wird die Schädeldecke aufgesägt und das Hirn zur Analyse ausgeliehen, gereinigt und nachher wieder zurückgegeben. Laut und lebendig hallen die Stimmen in der Luft. Die Stimmbänder haben sich der außergewöhnlichen Belastung angepasst. Sprachspiele sind ein kostbares und behütetes Gut. Soweit scheint alles noch erträglich, gäbe es den Schlaf noch, die stillen Augenblicke, das Rauschen eines Baches ohne Stimmengeplätscher in der allgegenwärtigen Luft. In allen Winkeln sitzen sie und reden. So schön kann Wahrheit sein. Das meiste scheint jedoch inhaltslos, ohne Zusammenhang. Anders ist es kaum denkbar. Man sollte meinen, die Menschen haben sich an die Umstände gewöhnt.
Kinder werden geboren und argumentieren mit der Hebamme.
Sie beschweren sich nachdrücklich über die schreifördernde Gewalt, unter Berufung auf die Genfer Konventionen. Viertausendzweihundertundfünfundfünfzig. Viele meinen zu verstehen. Was bleibt ihnen anderes übrig? Die Menschen haben verlernt zu singen. Sie haben keine Zeit mehr dazu. Die Stimmbänder haben sich der ungewöhnlichen Belastung angepasst. Im Großen und Ganzen ist alles beim Alten geblieben.

4280

Auf der Erde gibt es kein Land mehr. Nach siebzigjährigem Regen ist dies kein Wunder. Die meisten Boote sind gesunken. Die Schäden an den verbleibenden lassen sich nur schwer beschreiben. Die Waschmittelfabrikanten wurden aufgehängt. Elefanten haben schwimmen gelernt und sich mit den Walen gepaart. Es würde diese Seite füllen, die verschiedenen Arten aufzuzählen, die sich neu gebildet haben. Kultur und Geschichte sind jämmerlich versunken. Es bleibt nicht bei Versuchen, diese neu zu definieren. Aber die Definitionen, die unter Wasser erfolgen, sind Beschreibungen, die keine Veränderung anstreben. Die Reste des menschlichen Denkens stehen der unendlichen Masse des Wassers gegenüber. So gehen die Jahre. Kaiserliches Leben ist in Vergessenheit geraten.
Keine Kaugummi-Industrie mehr, keine Pfandleihanstalten, keine Reithallen. Es gibt Zierrochen und Algentee. Es gibt Großfischsattler, viele verschwommene Landschaften, keinen stillen Horizont und keinen stillen Ozean. Viertausendzweihundertundachtzig. Namenlos schwappen die Wellen. Namenlos sind die versunkenen Städte.
Die Uhren verrosten zwischen Nudelkorallen im Schwarzmeer.
Sandstürme sind eher unwahrscheinlich. Tauchende Kojoten paaren sich mit Goldfischen in versunkenen Palästen.

Menschen sind Sterne. Die Ufer verschwimmen. Lachen und Vergessen fließen ineinander. Zeitgebirge, die als Meteoriten durch den Raum schweben. Fluchtpunkte. Waldgeister in der Schwerelosigkeit, schwarze Lilien. Mondschreitendes Nichts, Splitter der Vergebung, die in Dunkelzeiten beginnen zu donnern, gähnen bohrend, erscheinen ungenau. De Sterne bewegen sich nach den alten Gesetzen. Direkte Planetenverschiebungen wurden nicht festgestellt. Keine Unsterblichkeit in Sicht. Verzierte Sekunden, schäumende Minuten. Sternendenker, Hundertfüßler, Viertausendzweihundertundvierundachtzig. Scheinbar zerrissen, beweglich, gültig. Lachen und Vergessen fließen ineinander. Herzraubende Sternenzeit und menschliche Verachtung. Wahrheit oder Konsequenz, Gesichtslosigkeit. Glücksbestimmende Verpackungsdramatik. Digitalisiertes Lächeln, Vergebung, vergrabene Schornsteine im roten Licht des Himmels. Den Rebellen als abschreckendes Beispiel regiert der grausame König des Augenblicks. Auseinandersetzungen erscheinen zweckmäßig. Die straffe Organisation entschuldigt sich bei der Offenbarung. Direkte planetarische Verschiebungen wurden nicht festgestellt, verdichtete Sekunden. Der Frieden hat immer eine Doppelfunktion.

4313

Unvergessen. Stets zu Späßen aufgelegt, weite Felder, gerade Linien, gebührende Hochachtung. Ungehorsame Stachelschweine werden zur Abschreckung gefoltert. Vieles steht geschrieben. Die Verantwortlichen hängen ihre Zufriedenheit nicht an die große Glocke. Warum gerade Stachelschweine kulturdominant geworden sind, weiß niemand so genau. Sie machen ruhig ihre Arbeit und haben ein ansprechendes Äußeres. Unter ihnen gibt es große Geister und freundliche Vasallen. Jedes Schwein trägt so viele Stacheln, wie es Jahre gibt. Wer nicht mitwächst, wird ausgesondert. Hohe Türme werden hierfür zur Verfügung gestellt. Stachelschweine haben ein ausgeprägtes positives Denken und eine ebensolche Einstellung zum Leben. Zum Abendbrot werden Kühe gegrillt. Die Kampfschweine können ihre Stacheln abschießen. Für sie gilt in Bezug auf die Jahresregel eine Sonderregelung. Ohne Kampfschweine und ohne Sonderregelungen würde man nicht auskommen. Nachts sind die Straßen beleuchtet. Die Kartoffeln sind schwarz. Farben gelten als außergewöhnlich. Den Bäumen wurde farblose Photosynthese vorgeschrieben. Man hat aber Rücksicht genommen auf die zur Einhaltung der Verordnung erforderliche Übergangszeit. Kleine dunkle Blätter rascheln im Wind. Die harten stacheligen Beeren keinen keine Jahreszeiten. Viertausenddreihundertunddreizehn.

4316

Das Leben steht faszinierend neben den verdunkelten Fensterlöchern. Gesungen und rauschhaft. Es gibt keine Länder mehr, keine Grenzen, perfekte Ideologie nach Wahl. Mixgetränke. Defrustrationsmaschinen. Gelegenheiten. Das Jenseits schwappt ins Nichts. Die Belastung wird immer nichtiger, weil die Beschaffung durch künstliche Affen erleichtert worden ist. Pantoffeln werden mit Popcorn gefüllt. In der Tiefsee schwappen die Jahrmillionen ineinander, ungefähr und geschmacksneutral. Wortverweigernd und leicht gelblich. Die gestreiften Gedanken verschließen sich fremden Gefahren, trotz der Gemeinsamkeiten. Viertausenddreihundertundsechzehn. Die Schranken haben schwarze Punkte. Sprachbelebung, Nebelmaschinen, Zeitverrechnungen, versiegelt, gepflanzt und normverteilt. Zorn und Verzweiflung wegen der fehlenden Haltestellen. Berechtigte Beleidigungen., unterschiedliche Ausgestaltung., Bildversiegelung. Die Regenbogenfarben nähren. Leeres Gewebe macht sich über übertriebene Spiegelungen lustig. Zwei Sachbearbeiter blicken betreten zu Boden., beunruhigt, grundlos besorgt. So spielen die Menschen in der Finsternis, unterwürfige Opfertätigkeiten, Sprechängste, Vorfahrtsmissachtungen, Dosenbespitzelungen. Keine Grenzen, keine Punkte, aus lauter Langeweile Perfektion. Untätigkeit, wer sich verleiten lässt ist selber schuld. Wo leben die Hasen? Wo ist das Gestern? Das Wetter zieht schweigend vorüber.

4321

Gesetzliche Horizontverschiebungen. Die Folgen bleiben nicht aus. Vor allem Beschwerden. An der eigentlichen Veränderung stört sich niemand. Verlässliche Genugtuung untermalt von spielerischer Unabhängigkeit, Gebührenverschiebungen. Lebenslustige Vortrefflichkeit. Klimaanlagen statt Sonntagskonzerte. Der erste Blick belastet den zweiten. Zierfische, Zementmelonen, Scheinmilliarden. Gedachte Tage. Die Jagd erfolgt in allen Richtungen, um die Speicherlasten gerechter zu verteilen. Glanzzerlegung, Normverlegung, Stabilisierungsqualität. Wer prächtig sein will, muss grausam sein können. Unterschiede, gewagte Fliegengitter, stornierte Selbstsucht. Viertausenddreihundertundeinundzwanzig. Gebratene Könige, wallfahrende Spielgefährten, sportliche Schokoladeneierkuchen. Ferngelenkte Tannenbäume fungieren als Strukturmetaphern. Die Fehler in den Zwischenräumen werden immer deutlicher. Verbrauchte Luft staut sich in den Hirnen stummer Tiere. Notwendigkeit als körperliche Voraussetzung. Outputanaloge Trivialitäten werden zu Systemketten zusammengefügt. Berechnungen tasten die Silhouetten ab. Teure Belästigungen. Konstruierte Projektionen und kapazitätsbeschränkte Fluchtmöglichkeiten machen das Leben schneller schön.

Zufallsbestimmungen als Bestandteile der Vielfältigkeit. Römische Vergiftungen werden weiterhin ausgeschlossen. Lauf- und Konstruktionsverschiebungen steuern die Nachahmungen. Serielle Repräsentationsverschiebungen, unerprobte Perspektiven als konkrete Natur. Die Herstellung einer Beispielmaschine hat dem menschlichen Denken einen scheinbaren Gegenüber verschafft. Über allem schwebt die Veränderlichkeit der Strukturen. Anwesenheit als mögliche Interpretation der Prinzipien, vermeintliche Bemühungen den Zufall aufrechtzuerhalten. Systematische Argumente, die die Wirklichkeit verschleiern. Lösungsentsprechungen, die Sachzwängen untergeordnet sind. Verkürzte Nützlichkeiten und objektive Wahrheiten, die an wichtigen historischen Punkten reproduziert werden. Gelegenheiten im allgemeinen Sinn. Der Triumph des Alphabets. Viertausenddreihundertundzweiundzwanzig, gezielte Erlebnisberatung als unbestrittene Logik. Regelverstellungen, die eine unglaubliche Flexibilität ermöglichen, einfach so. Neue Entwicklungen setzen die Evolution fort. Regelmäßigkeiten bestimmen die Argumente. Die Menschen zerlegen Maschinen und versuchen Behauptungen zu erstellen, die den Glauben kontrollierbar machen. Es finden Experimente statt, die der kindlichen Logik und Lebensfreude auf die Spur kommen wollen. Der Anfang der Wissenschaft könnte ihr Ende sein.

4342

Ferngesteuerte Verdopplung ermöglicht ein ebensolches Vergnügen. Das normale Leben geht selbstverständlich weiter. Die zweite Wirklichkeit, die dritte Versuchung, die Weiterführung von nicht formulierten Wünschen in dynamischen Programmen. Variable Grenzen, Traumtänzer, bewusstseinsfähige Maschinen. Beweise sind wegen der Problemverschiebungen unmöglich. Inhaltliches Einfühlungsvermögen zeichnet sich ab. Die Reflexe sind betont, die Verhältnisse vieldeutig, der Ablauf regelbar. Die Wirklichkeit hat die Träume integriert, Impulsgruppen erfasst und Schwierigkeiten auseinander geschnitten. Die Form ist in Sekunden erblindet. Die Oberfläche dient der Zeit als nützliches Kriterium. Gesucht wird der Maschinenmensch, der ohne Glauben, ohne Angst, ohne Durst die lebendigen Vorteile an sich reißt. Ursprünglichkeit wird effiziert. Fehler werden festgestellt und der Perfektion einverleibt. Die Ausdrucksweise ist von der Beobachtung abgeleitet. Die Logik hat ihre Natürlichkeit verloren. Viertausenddreihundertundzweiundvierzig.
Die Weisheiten haben die Nebenbedingungen überschritten.
Die Götter sind sprachlos geworden.

4353

Aufmerksame Augen verfolgen den Verlauf des Rennens. Die Teilnehmer ahnen die Wichtigkeit. Es gibt keine Zuschauer. In friedlichen Stunden, voller Verständnis für Unruhe und Unvermögen stehen Soldaten an Häuserecken, prüfend, überzeugend vordergründig, dienstliche Gespräche vortäuschend. Im Sonnenlicht. Berater sitzen in den Häusern und beobachten die Szenerie, wissen nicht warum. Tigerfelle und Hirschgeweihe sind die Beute der Nächte. In den Türrahmen hängen schwarze Vorhänge. Lichtschleifen umgarnen den Horizont. Festlicher Schmuck lagert in dunklen Gewölben. Leuchtstoffröhren flackern ihnen Leben ein. Frachtungenauigkeiten verzögern den Vorstellungsbeginn. Viertausenddreihundertunddreiundfünfzig. Soldaten an Häuserecken. Kontinente suchen nach Vergessenheit. Die Sterne stehen bleich am Himmel. Sie wissen nicht warum. Wiederholungen befragen sich gegenseitig. Zeitzeugen belegen die Objektivität, blinken verwegen. In friedlichen Stunden stehen Soldaten an Mauerecken. Sie haben Angst vor der Dunkelheit, sie fühlen sich beobachtet. Es werden zu wenige Berechtigungen erteilt. Auf und nieder sinken die Wellen am Meer. Wölfe warten geduldig. Seemöwen zerreißen ihre Kinder. Still ist die Straße im Laternenlicht. Die Häuser beten für eine bessere Welt. Wissen nicht warum.

4357

Notizen für den Weltraum. Telegramm statt Telepathie. Sinfonien von Farben. Schattenhaft sich abzeichnende Konturen, viertausenddreihundertundsiebenundfünfzig. Ohne die Tage nach dem Komma zu zählen, würde man immer im gleichen Jahr bleiben. Das Opfer wäre die Zeit. Fragen tanzen innerhalb der Stunden. Sie ahnen noch nicht, dass sie überflüssig geworden sind. Eine anständige Lösung, was meinen Sie? Stellen sie sich vor, es gäbe keine Stunden mehr, keine Zahlen, keinen Anfang und kein Ende. Wo wäre die Lauer? Wo wäre der Sieg? Wer würde die Steinigung der Sonne verhindern, die Bombardierung des Mondes? Das Ende der Welt als Ewigkeit. Viertausenddreihundertundsiebenundfünfzig. Die Trauer ist den Menschen aus den Händen gerissen worden. Ihre zornigen Blicke haben jeden Sinn verloren. Gleichmut ruht würdig auf goldenen Kissen. Zöllner irren herum auf der Suche nach sich selbst. Die Gedanken fühlen sich unabhängig von der Schöpfung. Durch Worte wird versucht die Rettung einzuleiten. Die Einleitung steht immer am Anfang. In den Steppen, stur und zufrieden, wird der Ansatz vollendet. Mehr ist im Moment nicht möglich. Stellen sie sich vor, es gäbe keine Tage mehr. Wo wäre der Sieg? Die Überzeugung verschmilzt mit der Ungewissheit zu einem neuen Tag.

4359

Morgen bleibt Morgen. Steine werden zu Himmelskörpern. Morgen ist heute. Heute ist gestern. Es gibt weder Zukunft noch Gegenwart. Anscheinend ist es besser so. Zweifel an der unerschütterlichen Wahrheiten sind in allen Zeiten verurteilt worden. Den Beschuldigten wurde oftmals die Möglichkeit eröffnet, auf den richtigen Weg zurückzufinden. Schafe sind so groß wie Kaninchen. Ziegen fast so groß wie Elefanten. Zufällige Veränderungen sind Realität geworden. In der Morgenröte spiegeln sich die Seen. Kamelherden leben im ewigen Eis. Die Eisbären haben ihre Farbe an die neue Umgebung angepasst. Viertausenddreihundertundneunundfünfzig. Indirektes Licht. Die Zeit verstreicht. Regierungen versuchen zu entdecken, wo sie sich gerade befinden. Die einzelnen Mitglieder zählen ihre Finger ab und finden alle die gleiche Zahl. Sie tauschen diese Information aus, um sich gegenseitig zu bestätigen und Mut zu machen. Sie wissen genau, was zu tun ist. Sie zählen ihre Finger. Der Hörer wird neben das Telefon gelegt. Es gibt weder Zukunft noch Gegenwart. Sie zählen die Finger, wiegen die Zahlen im Kopf hin und her. Das Warten auf das Morgen hat das Leben verändert.

4372

Unterschiedene Höflichkeit, übersetztes Leben. Sinnvolle Strategie im Einklang mit der selbstverständlichen Bewegung. Direkt oder auf Umwegen dem Glanz entgegen. Beleidigungen, die im Stillen vorübergehen. Das Ziel zurück ist der Beginn. Inständig, untertänig, lebensgewiss. Die Menschen haben sich Höhlen gegraben. Der Übergang hat begonnen. Larvenhaft, ohne Licht. Die Befehle werden in Erdströmen direkt an die angrenzende Haut gespeist. Eingegraben ohne Nahrung und ohne Licht, mit kantigen Schultern und vorgestreckten Armen. Dicht nebeneinander sich nicht berührende Ängste. Viertausenddreihundertundzweiundsiebzig. Die Tiefe ist begrenzt, wehe denen, die sich anders besinnen. Machtbekundungen hallen ins Leere, weil sich jeder einzelne abgewendet hat, eingegraben und damit vorbildlich. Würde man diese Endgattungen befragen, so käme man zu dem Ergebnis, dass jetzt nur noch alles besser werden könne. Tatsächlich schlüpften nach Jahren blaue, geflügelte Wesen aus den düsteren Orten. Leicht und entzückend anzusehen schwebten sie am Himmel. Sie suchten keine Erinnerung, waren neu, blau und verschwenderisch. Ihre Pracht ließ Blumen sprießen. Blaues Licht unter süßem Regen, prächtige Blüten, ohne Erinnerung und ohne Hoffnung waren die Wesen im Glanze schwerelos.

4374

Viertausenddreihundertundvierundsiebzig. Die Seiten werden aufgeblättert. Auf die Beine gestellt würden sie umfallen. Die Sonne zieht im Nebel ihre Kreise. Waghalsige Flugmanöver steigern die Auffälligkeiten. Die Schuhe knistern im Kies. Die Blätter rascheln vom Winde getrieben. Bei ihnen haben sich die Auffälligkeiten bereits durchgesetzt. Tiefe Gräben in Kiesfeldern, weil ganze Horden von fliegenden Menschen ihr Temperament nicht zügeln können. Sie unterscheiden sich, bis auf ihre Flugfähigkeit, nur sehr wenig von ihren Ahnen vor tausenden von Jahren, die schon lange ausgestorben sind. Dunkle Schwerter zerschlagen die versteinerten Bäume. Fliegen ist eine unabdingbare Pflicht geworden. Keiner darf lange an einem Ort verweilen. Möglichkeiten sind limitiert, Ortswechsel im Stundentakt. So stehen die Dinge. Den Boden zu betreten ist bei Strafe verboten. Traurig wie träge die Geister geworden sind. Wer möchte schon sein Leben für eine erfundene Geschichte opfern. Zahlen hingegen sind zuverlässig. Verlangen vergeht. Die Menschen tanzen zwischen den Wolken. Nachts verschwinden die Farben. Die Sterne erscheinen wie kleine Lichter in den glänzenden Augen. Die Flügel sind grau. Die Sehnsucht nach einem langen Tag voller Licht hat die Menschen dazu getrieben, in den Himmel zu aufzusteigen.

4388

Man hat die Schienen umgedreht, um den Erfordernissen zu genügen. Unter ihnen Gräben gezogen, Stützen gebaut, die Seitenwände stabilisiert. Die Fahrgäste sind nicht angeschnallt, weil die Erde in den Machtbereich eines riesigen Planeten eingedrungen ist. Die eigenen Gravitationskräfte haben sich im Vergleich minimiert, ohne dass sich die Erde selbst verändert hätte. Dass die Erde der Mittelpunkt des Weltalls ist, weiß man schon lange. Jetzt suchen alle nach Konzepten, wie man die Gravitationskräfte umkehren könnte. Viertausenddreihundertundachtundachtzig. Die meisten bestehen darauf, von dem großen Planeten nicht mehr zu halten als eine gigantische Projektionsfläche. Sich selbst zu wichtig zu nehmen ist gar nicht so schwer. Es besteht keine Einigung darüber, ob sich die Welt oder die Erinnerungen verirrt haben. Die Erde müsste ihren angestammten Platz verlassen. Wie das funktionieren soll, darüber wird nachgedacht. Die Welt ist in die neue Atmosphäre eingeschlossen. Dass sie nicht niederfällt, entzieht der Situation die Dringlichkeit. Da die Atmosphäre der Erde oben und unten ziemlich am Ende war, kam ihr die Veränderung sehr gelegen.

4411

Verschweigen wir doch das Bewusstsein, den Hunger, den Durst und das Verlangen. Die Sorgen verteilen sich über das Leben. Heiter grasen die Luftstiere auf den blassen Wolken. Die Vögel tanzen zwischen ihnen. Sie tragen ihr Leben, sie laben sich am Licht. Sie ziehen im Kreis, verweilen, um zu spüren, lassen sich nicht greifen. Die Menschen sehnen sich nach der Harmonie und reiten auf riesigen Pferden, Könige irren in der Wüste umher und verstehen die Nacht nicht. Tagträume bevölkern die steinigen Steppen. Klappläden widerstehen den Stürmen nur, wenn sie verriegelt sind. Die Könige haben zwei Gesichter, tauchen auf, um sich an die Spitze zu stellen. Sie tragen scharfe Schwerter und haben blaue Herzen, sie verlassen sich auf ihren Pulsschlag und dienen dem Glück. Viertausendvierhundertundelf. Die Könige freuen sich auf den nächsten Tag. Ihr Lächeln steigt auf in die Wolken, die Stürme zu besänftigen, die sich in der fernen Dunkelheit zusammenbrauen. Die Leidenschaft kann den Augenblick verlängern. Die Hufe schlagen gegen die Felsen und es klingt wie Metall. Das Tosen der Dämonen rückt näher. Die Könige müssen sich zusammenschließen. Sie blicken dem Feind ins Gesicht ohne zu zittern. Die kalten Winde lassen die Sonne erblassen. Es bleiben nur noch Stunden bis zum nahen Untergang.

4417

Wieder zu lange gewartet. Zu sehr beansprucht, zu sehr angestrengt. Heute ist sein Herz gebrochen. Schmerzlos. Zusammenhänge ergeben sich nicht mehr, keine Emotionen, zerstückelte Erinnerungen, zerplatzte Vergangenheit. Gestern hätte er sich noch darüber gewundert. So schnell kann es gehen. Wilde wunderbare Pflanzen in allen Farben. Menschen, die sich in alles sichtbare verwandeln können. Nach der zweiten Verwandlung jedoch verschwinden die Farben. Die Welt versinkt in einem grauen Meer. Das ist ein bewusst einkalkulierbares Risiko. Überall stehen Schilder, die davor warnen. Die Versuchung bleibt bestehen. Es ist sehr schön, eine Sonnenblume zu werden, das Wesen einer Orchidee zu verstehen. Die Farben lachen über die Menschen. Ein wehmütiges Nashorn verbiegt einen Laternenpfahl. Viertausendvierhundertund-siebzehn. Die Wörter liegen zwischen den Steinen am Boden. Die Bruchstücke des Herzens sind in der Wüste nicht mehr zu finden. Veränderung und Wechsel sind kein überholtes Wunschdenken mehr. Warum auf der Stelle stehen? Die Augen haben die Blicke ertragen. Die Farben leuchten. Die Oberwesen haben 1000 Augen und 700 Ohren, damit sie sich jederzeit verwandeln können. Die Zahlen sind dem jeweiligen Stammbaum zugeordnet. Ohne Farben keine Augen, ohne Augen keine Zahlen. Das hat die Bedrohlichkeit der Erkenntnis erheblich verstärkt. Still zu sitzen hätte auch seinen Reiz. Man kann den Pflanzen beim Wachsen und dem Licht beim Leuchten zusehen.

4421

Keine Katastrophe, sondern die Verselbstständigung der Logik hat dieses Chaos auf der Welt zu verantworten. Das erweiterte Denken hindert die Menschen am Handeln. Nicht einmal Blendarkaden werden gebaut. Die Bevölkerung hält die Augen geschlossen. Viertausendvierhundertundeinundzwanzig. Wachsam wird auf den Stand der Sonne geachtet. Bleiche Hände tasten im Gras herum. Ausgebildeter Müßiggang, Faszination und Fallschirme. Millionen von unerfüllten Träumen schwirren in der Luft. Die Menschen haben ihre altbewährte Hülle behalten und sich innerlich gewandelt. Sie besitzen keine Lebenseinstellung, immer wieder brüllen sie in das Nichts hinein. Sie erschrecken damit die Vögel und vertreiben ihre eigenen Träume. Wer sich davon stören lässt, ist selber schuld. Er wird nicht als geschädigt betrachtet. Bleiche Hände tasten im Gras herum. Nach 1 kommt 2, sagte eine Frau und hatte sich damit verpflichtet diese Logik weiterzuführen. Sie zählt noch heute Stellen sie sich das einmal vor. Sie blicken auf eine lebenslange Zwangslogik. Sie essen einen Pudding, rote Grütze und einen Apfelkompott. Was wäre, wenn sie auch noch Sahne gehabt hätten? Arroganz hilft da nicht weiter. Alle Menschen tragen weiße Schilder. Ohne die Schilder hätten sie keinen Namen. Sie verschaffen sich damit Gewissheit, weil sie wenigstens die Frage nach dem eigenen Namen vermeiden wollen. Was wäre, wenn ich fliegen könnte? Was wäre besser?
Die Gedanken jedes einzelnen würden Berge füllen. Die Ungeduld wurde mit Erfolg beseitigt.

4433

Heute geboren, rein theoretisch. Es ist Platz genug. Das kleine Wesen ist nicht aus Fleisch und Blut, hat keine Nase und keinen Mund, weil seine Existenz auf eine Formel reduziert worden ist. Digital wächst es heran. So wird Nahrung gespart, Zeit, damit es wieder Apfelbäume gibt. Ansonsten würde ja keine Versuchung stattfinden. Das Datum steht fest. Der Tag, an dem die Formeln zu Körpern werden. Viele warten darauf. Nicht alle wissen davon. Die Wildnis lebt in wilder Freiheit. Viertausendvierhundertunddreiunddreißig. Die Zeit kann nicht zertreten werden. Alte Straßen liegen überwuchert im gleißenden Sonnenlicht. Hochhäuser fallen ein. Die Formeln lagern tief in der Erde. Waschmaschinen stehen still. Der große Kongress aller Staaten hat sich vor langer Zeit selbst abberufen. Die Planungsphase dauerte zwei volle Generationen. Heute geboren, rein theoretisch. Wussten sie, dass sich Formeln vermehren können? Man hat sich selbst ein wenig zurückgenommen. Es gibt weniger Kühlschränke, weniger Lärm, weniger Lamellentüren. Leben und sterben in der Datenbank, nur scheinbar ein Hochgenuss. Tiefe Helligkeit. Präzise Beleuchtung. Der Tag X als Herausforderung. Gemeinsam eine neue Welt betreten. Die Wildnis wieder urbar machen. Die kontinentalen Verschiebungen bezwingen. Neue Länder entdecken. Bei null anfangen im Jahre viertausendvierhundertunddreiunddreißig. Niemand kann sich auf die Vergangenheit berufen, keine Bedienungsanleitungen, keine Haustiere, andererseits.

4440

Was ist wesentlich? Die Berge können singen, die Flüsse reden. Die Bäume tragen Luftkämpfe aus, zerstäuben die Wolken, sind schwarze Striche am Himmel. Die Gemüter kochen. Politische Propaganda bleibt im Hintergrund. Gänse treiben Löwenherden in die Enge. Piraten töten sittsame Bürger mitten an Samstagnachmittagen. Kein Blut auf weißen Tischdecken, denn die Piraten wissen, was sich gehört. Sie töten aus Lust am Geschrei, nicht weil sie Flecken schön finden. Sie überlassen die getöteten Matrosen den Weiten der Ozeane, rösten Stiere über großen Feuern, schmatzen nicht beim Essen, werden von wandernden Bergen begraben oder von stürzenden Bäumen erschlagen, wie alle anderen auch. Wie gerne würde man die schlechten Zeiten im leben überspringen. Weite Flächen wurden von herumtanzenden Bäumen verwüstet, besiedelt und erneuert, so es der Zufall wollte. Man kann Sekunden kaufen, versehentlich Tischdecken beflecken, Kaffee aus goldenen Tassen trinken oder sich den Gaumen verbrennen, wenn man direkt aus der Kanne trinkt. Sehr zu empfehlen sind Schlagringe zur Verteidigung gegen Piraten oder gleich Pistolen. Viertausendvierhundertundvierzig. Die Berge lassen sich von solchen Maßnahmen leider nicht beeindrucken. Ganze Chöre stehen auf, sie in den Schlaf zu singen. Das ist die letzte Geheimwaffe, die die Menschen haben. Einzelne Barden halten Freundschaften mit ausgewählten Bergtälern aufrecht.

4449

Liebliche Worte werden den Reitern ins Ohr geflüstert. Kleine Treppchen schweben in geringer Höhe über frisch gesiebtem Land. Denn man hat festgestellt, dass sich beim Sieben der Böden die Zeit verschieben lässt. In beliebiger Richtung, nach vorne und sogar nach hinten, vor und zurück. Zuerst müssen selbstverständlich die Äcker bepflanzt und und die Steine gezählt werden. Die aufgefangene Lichtmenge bestimmt die Größe der möglichen Verschiebung. Allen Versuchen zu genaueren Berechnungen fehlen die Grundlagen. Die Sonne lässt sich nicht so gerne in die Karten schauen. Die Menschen mal wieder nicht, was sie tun. Jahrtausende hat man die Verschiebungen nicht bemerkt. Völlig überflüssige Maschinen wurden konstruiert. Jeder versuchte den nächsten zu verwirren. Niemand gönnte dem anderen den richtigen Weg. Die Äcker werden fristgerecht bepflanzt. Die Zeit bleibt sich selbst überlassen. Die Menschen stehlen sich gegenseitig den Sieg. Wir schreiben das Jahr viertausendvierhundertundneunundvierzig. Friedlicher Staub weht in die Wolken. Die Farben der Blumen sind eine kostbare Medizin. Die Blumen werden gefesselt und ausgepresst. Auf einmal waren sie da, die unsichtbaren Reiter, die heute die Welt regieren. Die Menschen starben vergeblich, mühten sich ab mit versteckter Genauigkeit, berechneten ihre Sorgen und addierten ihre erlittenen Schmerzen, schnitten sich das Haar und verstümmelten sich mit ihrer Angst die Flügel. Sie sahen die Farben nicht mehr und hatten ihre Kraft vergessen dies zu ändern.

4467

Die kleine rote Kugel landete auf der Erde. 7000 Lichtjahre war sie unterwegs gewesen. Ein junger Leopard hat sie zuerst gesehen, hat davon seiner Mutter erzählt. Die Mutter hat die kleine Kugel gefressen und niemand weiteres hat davon erfahren. Das war das Ende der kleinen roten Kugel, die solange unterwegs gewesen war, die Menschen zu treffen. Viele solcher Kugeln haben sich vor 7000 Lichtjahren auf den Weg gemacht. Nur diese eine ist von einem dummen Leoparden gefressen worden. Eine ist ins Meer gefallen und versunken. Eine weitere ist in eine Wüste gefallen und ist vertrocknet. Zwei ganz schnelle Kugeln haben sich hier auf der Erde wiedergetroffen, nach 7000 Lichtjahren. Das muss man sich mal vorstellen. Leider direkt über einem ausbrechenden Vulkan. Vor ein paar Tagen, mitten im Jahr viertausendvierhundertundsiebenundsechzig ist eine besonders schöne Kugel in einen besonders schönen Garten gefallen. Direkt in den Springbrunnen, vor die Füße eines kleinen Jungens, der sie vor dem Ertrinken rettete, aufsägte und damit tötete. Noch 200 Jahre sollten vergehen bis eine der weniger prächtigen einen Teil der Mission erfüllen konnte. Wir verdanken dies der Weitsichtigkeit einer alten Dame, die sie behandelte wie das Ei eines kostbaren Papageis, der nur einen Satz sprechen konnte: „Ich stehe hier und sehe mich, verstehe meine Sprache nicht, bin still verliebt und lebe 1000 Jahre.“

4471

Gemessen an der Häufigkeit der Regentropfen ließen sich die Tränen eines Wolfes schon zählen. Bei Kindern wäre das schon schwieriger. Besonders bei denen, die sehr viel weinen, sollte man darauf achten, dass sie sich gesund ernähren wegen des Salzhaushalts. Andauernde Wiederholungen von Handlungen haben sich als Lebensverlängerung erwiesen. Das erklärt die Jogger, die Zopffasser, die Stuhlrücker und die Vielblinker. Küssen aus unterschiedlichen Beweggründen. So entstehen niedliche, süße oder schreckliche Geschichten. Daran hat sich auch im Jahre viertausendvierhundertundeinundsiebzig nichts geändert. Zwischen den Wiederholungen lagen die Wechsel, zwischen den wechselnden Tätigkeiten wurde geschlafen, studiert, gelacht oder geredet. Die Zielgenauigkeit wurde mit der Wiederholung verbessert, die Normen wurden den täglichen Bedürfnissen meistens angepasst. Die Zählbarkeit von vielen Lebensbereichen konnte die Lust an überraschenden Ereignissen nie ganz ausmerzen. Vor tausenden von Jahren lebten die Menschen mit einem festen Glauben daran, dass die Welt von Göttern gelenkt würde. Das erforderte genaue Kenntnisse über die Wünsche und Vorstellungen der Götter. In späteren Zeitaltern sind diese Götter ersetzt worden von einem Gott, denn dieser ließ sich natürlich leichter zählen. Andere Menschen verzichteten ganz auf einen Glauben an Götter oder einen Gott. Heute hat sich herausgestellt, dass die Sehnsucht nach der Zählbarkeit und die Lust an der Wiederholung ausreicht ein erfülltes Leben zu bestreiten.

4486

Leuchtende Streifen am Himmel, wo vorher dunkelblauer Regen war. Die Kühe essen Birnenmarmelade. Die fernen Wolken brauchen keinen Horizont. Man hat alle Häuser niedergerissen. Nur die Kirchen stehen noch. Sie sind Versammlungsort und Versorgungsstützpunkt. An auserwählten Tagen, denn die Bevölkerung läuft ununterbrochen. Es gibt hunderte telepathische Realitäten. Spaziergänger gibt es mehr als genug. Die Meinungen werden im Vorübergehen ausgetauscht. Man verzichtet darauf sich die Hände zu reichen. Möchte man längere Gespräche führen, ist es notwendig, sich auf eine gemeinsame Marschrichtung zu einigen. Einige rennen, weil sie anders sein wollen. Oft fällt die Straßenbeleuchtung aus. Keiner möchte stehenbleiben, um sie zu reparieren. Das geht solange, bis eine Reparatur nicht mehr möglich ist und die kaputten Laternen durch neue ersetzt werden müssen. Im Vorbeigehen werden sie ausgetauscht. In den Wäldern haben sich die Wege tief in die Erde gegraben. Verletzte Wanderer werden mitgeschleppt oder gnadenhalber niedergetrampelt. Viertausendvierhundertundsechsundachtzig. Gedankenverloren rennen die Menschen gegeneinander. Zu Zweikämpfen bleibt keine Zeit. Sie gehen gerade an allen möglichen Problemen vorbei. Keine Häuser, keine Schulen, kleine Kinder werden getragen. Die größeren laufen in Herden zusammen, die von dressierten Tigern in Schach gehalten werden. Leuchtende Streifen blitzen am Horizont.

4487

Viertausendvierhundertundsiebenundachtzig. Es gibt keine Könige mehr. Entsetzlicher Gestank hängt über der Erde. Gewächshäuser aus hagelfestem Glas stehen luftdicht in den Boden verankert. Ein geschlossener Kreislauf mit Telekabeln verbindet die Teilwelten. Jedes Haus trägt einen Namen. Besuche sind nicht möglich. Bildübertragungen berichten von den örtlichen Fortschritten. Diese werden in einer großen Zentrale digitalisiert und gespeichert. Die Daten sind jederzeit abrufbar. Sonderbeauftragte befassen sich mit Farbmanipulationen. Sie verpassen den Menschen, sollten sie kränkeln, einen gesunden Teint, um die anderen aufzumuntern, obwohl fast alle einen fahlen Teint haben. Es gibt keine Spiegel. Es gibt keine Erinnerung, die älter ist als 1000 Jahre. Vor diesem Datum wurden alle Datenspeicher gelöscht. Alles beginnt mit dem Jahre 3487. Viertausendvierhundertundsiebenundachtzig. Die bleichen Gesichter sehen nicht, was sie nicht wissen, vermissen nicht, fragen nicht. Sie leben fort in ihrer trägen Seligkeit. Haben keine Angst vor Hunger und Kälte, beschießen, dass alles richtig ist. Das Klima wird variiert. Unverbesserliche beantragen einen Ausflug in die Außenwelt. Sehr wenige Verrückte wollen nicht wieder zurück. Sie können nicht glauben, dass der Gestank unerträglich ist. Ihr Trotz ist verständlich, vergeblich und verhängnisvoll zugleich. Sie bekommen noch bleichere Gesichter. Aber vor allem sind sie ausgeschlossen aus dem farbmodulierten Telekreis.

4488

Jämmerlich, weit über viertausend Jahre nach Christi Geburt ist man bestrebt zu erhalten und zu bewahren. Die Tempel werden renoviert und es werden neue gebaut. An den Straßenecken stehen Würstchenverkäufer. Die Menschen schlendern an Schaufenstern vorbei. Der Äquator ist tiefer gegraben worden. Die Kontinente wurden neu geordnet. Die schwappenden Weltmeere strömen innerhalb ihrer neuen Grenzen. Die Menschen arbeiten mit aller Kraft, damit die Gräben tiefer werden. Die untere Hälfte der Erde ist evakuiert worden, denn der große Ball soll zerschnitten werden. Die Erde wäre so zumindestens teilweise wieder eine Scheibe. Es handelt sich um einen Götterbefehl. Die abfallende Halbkugel soll anschließend in kleine Teile zerschnitten werden und zu Nahrung für den Rest der Welt verarbeitet werden. Viertausendvierhundertundachtundachtzig. Das große Messer wird im Licht der Blitze geschliffen, was den verantwortlichen Priestern die nötige Rückendeckung gibt. Der Graben ist schon 1000 Meter tief und die Erde ist kurz vor dem Auseinanderbrechen, als die Menschen den Glauben verlieren. Der Graben wird wieder zugeschüttet und die Priester werden hingerichtet. Die Menschheit hat darauf verzichtet, ein riesiges Tablett zu werden.

4490

Eine wunderschöne Frau stützte die Hände in die Hüften, verdrehte die Augen. Sie stand gerade auf dem Grund des Meeres. Weit oben flackerte die Sonne. Mit den Fußnägeln hatte sie sich in den Sand verkrallt. Ihre Gedanken kreisten unbeholfen in der Zeit. Die unsichtbare Frau hatte Lust zu schreien. Sie unterließ es aber, weil sie die Haie nicht erschrecken wollte. Viertausendvierhundertundneunzig. In fernen Ländern leben ferne Menschen. Sie schwamm in großen Kreisen und kostete die Brosamen der Gültigkeit. Zwischen den Zeiten, weil die Welt immer eine andere ist. Die Fische trugen eine empfindliche Würde und sangen ihre eigenen Lieder. Sie konnten nicht wie die Menschen ihr Gewissen zerlegen. Sie würde sichtbar werden am anderen Ufer. Ein umherirrender Wal begrüßte sie zwischen den Korallenbänken. Am anderen Ende angekommen, trug sie eine neue Hülle, die sie am liebsten wieder abgestreift hätte. Sie nähte sich aus Blättern ein hübsches Kleid und heiratete einen Inländer. Sie vergaß zu atmen und lenkte ihre Betrachtungen auf neue Themen. Am Ende war die Frau überrascht, wie kurz das Leben sein konnte.

4493

Die Tage verfliegen; die Wände sind aus Gras. Hypnotische Kräfte und stetiges Glück sind die Antriebsraketen der hüllenlosen Flugobjekte. Sonderbare Winde fließen in den Händen. Die Zeit kommt und geht. Die Träume und die Wahrheit bilden ein gemeinsames Paradies. Nur Liebende sehen einander. Der Rest ist kläglich unsichtbar. Fragende Wünsche lächeln verwegen. Sieht so das Ende der Welt aus? Licht und Dunkel wechseln und verwechseln sich. Stürmische Objekte werden verbrannt oder ertrinken jämmerlich. Nur göttergleiche Wesen wandern auf der Erde. Baumgötter, Blumengötter, Menschen und Tiere. In den Zwischenräumen herrscht königliche Toleranz. Der Menschen Suche nach dem Sinn ist endlich. Das Böse als Erlösung könnte der Unerträglichkeit des Glücks ein Ende setzen. Viertausendvierhundertunddreiundneunzig. Die Träume suchen die Grenzen der Lieblichkeit. Ein Tunnel voller Fenster ist in den Stein gehauen worden. Jede Seite ist ein Schacht ins Licht. Der Kreis verschmilzt mit dem Quadrat, wie zur Bestätigung alter Verwünschungen.

4494

Warum die Völker wandern, weiß niemand so genau. Nomaden denken nicht. Das Licht steht grau am Himmel. Die Blätter welken im Herbst. Die Menschen tanzen. Wenn alles schön ist, wird das Schöne nichtig. Niemand weiß, warum die Elektronen sich eine Sprache erfunden haben. Erst kam der menschliche Unglaube, dann die menschliche Vernichtung. Danach hat sich alles verlagert. Die Größenrelationen und die Beschäftigungen. Es gibt keine Erkenntnis. Die Elektronen bekommen keine Kinder. Sie sind alle rund und schön. Das Jahr viertausendvierhundertundvierundneunzig, so wird hier festgestellt, ist einfach menschenlos. Wetterlos, verwegen ungenau die Definitionen. Verlassene Rangierbahnhöfe und höfliche Hostessen dienen dem veränderten Selbstbetrug. Elektronen leben einfach und lachen selten. Zusammen ergeben sie Objekte und Lebendigkeiten, die nicht verwesen und niemals welken. An der Form ihrer Hände sind sie zu unterscheiden. Warum sie wandern, wissen sie nicht.

4497

Man kann gerade noch die Schatten erkennen. Öde und weit liegt die leere Steppe in der Nacht. Die Kakteen haben laufen gelernt. Sie winken mit den Armen, wenn sie sich begrüßen wollen. An Feiertagen sind sie schwerelos. Der Wind wird manipuliert, weil der Verkehr mit Hilfe von beweglichen Sanddünen gesteuert werden muss. Kakteen lieben ihre Kinder, sie haben leuchtende Augen und können verlegen lächeln, obwohl sie keinen Mund haben. Öde und froh liegt die Steppe in der Nacht. Die Götter, die die Winde steuern, haben einen ausgeklügelten Zeitplan. Sie genießen ihre Freizeit und führen Protokoll über die Realität. Viertausendvierhundertundsiebenundneunzig. Die Götter tragen Stacheln auf der Haut wegen der angenehmeren klimatischen Bedingungen. Niemand weiß, was es zu bewahren gilt. Zusätzliches Leben ist käuflich. Der Frieden beginnt täglich neu. Die Zeit wird überprüft. Der Grundwasserspiegel bleibt weitgehend konstant. Die Regenprediger haben Aktenkoffer aus kostbarem Leder. Sie fühlen sich den Göttern nahe. Würden sie sie fragen, die Antwort wäre eindeutig. Zusätzliches Leben ist käuflich. Viertausend Kakteen, viertausend Regenmacher, viertausend Götter. Deutliche Gefahren durch Sandstürme führen zu seltenen Todesfällen.

4498

Das Lachen schallt kilometerweit. Dramatische Wolken fegen am Himmel entlang. Der Besen bleibt im Hintergrund. Die Minuten sind fragwürdig. Wo sind die Verantwortlichen? Wo sind die neuen Methoden? Die Engel haben sich versteckt. Die Rosen verwelken. Lilien strahlen im Sonnenlicht. Es gibt Anwärter und Ausführende, Angsthasen und Angler. Die Fische frieren nicht. Die Frösche fressen Kunststoffschaum. Die Zahlen dienen der Anschauung. Die Hirsche dienen zur Jagd. Gestreiften Ufos wird keine Landeerlaubnis erteilt. Steine ergeben Mauern. Wallfahrer vermissen das Läuten der Kirchenglocken. Abenteuer und Überraschungen, Unterschiede und Fortsetzungen, Lutschbonbons, Schmiedearbeiten, Untersetzer. Sie lachen, obwohl die Zustände schrecklich sind. Aus der Erde wachsen Nägel. In den Herzen klirrt Metall. Die Vergnügungen sind angehalten worden. Symbole haben das Leben ersetzt. Sorglose Deutlichkeiten und Materialmetamorphosen. Viertausendvierhundertundachtundneunzig. Es werden keine Nahrungsmittel mehr produziert. Die vergangene Zeit klebt schillernd an den Wänden. Ziele sind Ziele geblieben. Erfüllung ist selbstverständlich geworden. Schaum fließt in den Bächen. Dramatische Wolken fliegen den Himmel entlang. Die Dachorganisationen haben einen neuen Namen.

4500

Lebendiges Wohlgefühl. Fragen nach Glück, das eigene Versagen als Herausforderung. Es ist nicht geklärt, wer die Erde eingeschmolzen hat. Die neue Form besticht durch Eleganz und Präzision. Viertausendfünfhundert. Die Mondhasen bezeichnen den neuen Planeten schmunzelnd als Erdwürfel. Eiswürfel sind bei den Hasen als Schmuck beliebt. Natürlich. Erlebnisgerecht. Schon wegen der Schatten war die Kugelform weitaus praktischer gewesen. Die Extreme haben sich voneinander wegbewegt. Die Kanten sind gefährlich. Es gibt Tunnel und Gräben, die die Sonnenseiten verbinden. Schattenhasen leben im Dunkeln. Man gibt sich große Mühe keine Wertigkeiten aufkommen zu lassen. Das Jetzt ist die Zukunft. Das Wasser fließt in Kanälen. Das Innere des Würfels ist ausgebaut. Auf der Würfelerde ahnt man nichts von der Existenz der Mondhasen. Was ist morgen? Die Raumfahrtforschung ist eingestellt worden. Die Kugel ist verschwunden. Der Ruhm ist gewachsen. Die stillen Bilder sind laut geworden. Die Flugbahn des Würfels ist nicht mehr gleichförmig. Bald wird die Erde in ein neues Sonnensystem einfahren. Die Mondhasen winken zum Abschied.

4501

Ungefähre Raumzeit viertausendfünfhunderteins. Sternenzeit viertausendsechshundert. Erdzeit viertausendfünfhundertundsiebzehn. Automatische Astronomie. Für Zähne müssen Steuern bezahlt werden. Hunde sind zum Abschuss freigegeben. Ein freier Planet. Das ist nicht selbstverständlich, denn überall im All werden von einer unbekannten Macht Planeten misshandelt und verschleppt. Riesige Netze, fliegende Riesen, die die Kugeln verschlucken. Sie vertreiben sich so die Langeweile. Nächstes Jahr wird sich ein Kongress mit dieser Problematik befassen. Schutzbrillen sind schon an die Bevölkerung verteilt worden. Zierfische gelten als Luxus. Betriebsungenauigkeiten werden als Störungen deklariert. Die Gebirge auf der Erde sind von den Riesen als Treppenunterhaltung benützt worden. Heute wollen sie sich damit nicht mehr zufrieden geben. Die Erdbewohner haben wegen dieser erschreckenden Planetenkrise Vorbereitungen getroffen. Die Schutzbrillen sind erst der Anfang. Ein freier Planet. Spezialisierung durch Kooperation. Möglichkeiten die Welt zu vergessen. Keine neue Kontinentenordnung, von leichten Verschiebungen abgesehen. Plötzliches Dunkel, weil einer der wilden Gesellen sich doch nicht hat beherrschen können.

4508

Lichtraum als Vorimprovisation. Drehzahlbestimmung. Vorwärtsdrang. Flughöhenkontrolle. Das Spazierengehen auf zwei ausfahrbaren Beinen war zur Gewohnheit geworden. Jetzt braucht man zum Leben einen Führerschein, Muttermilchflureszenz. Verurteilungen, die Menschen zu vierbeinigen Halbwesen machen. Teilbeleuchtungen, Triebkontrolle, Tortenheber. Über die Sitten und Gebräuche wird genau Buch geführt. Ein kleiner, aber mächtiger Brandstifter hat die Mikrofilme mit Säure übergossen. Viertausendfünfhundertundacht. Raumtötung, durchgeführt von Qualitätsexperten. Wachstumskonsequenz, Waldbeeren, Pflaumenfliegen, schwarze Zahlen in Hornzigarren, Kaffee aus Butterblumen, Haferflocken in allen Farben, Ziegelsteine, Bauchhöhlenschwangerschaften. Wie nebenbei haben sich die Prozente verschoben. Dächer aus getrockneten Walfischen mit Kunstharzglasur. Löwenlederschuhe und grüne eierlegende Sportfischer, Notenschlüssel, Schraubenzieher, Phasenversicherungen. So lange ist alles gut gegangen. Die Probleme liegen auf der Hand. Die vorsätzliche Ordnung hat viel zu lange Fingernägel.

4512

Dramatische Nachrichten, die in Kodierungen gefangen von Menschen eingeatmet werden. Sachliche Informationen in der angespannten Situation und Scheinfragen dienen dem Wohlbefinden Tausender. Die Musik der alten Welt wird in die Konversation eingestreut. Viertausendfünfhundertundzwölf. Der Staub liegt im Wettstreit mit den Bakterienkolonien. Die Siebenschläfer haben Frieden mit den Maulwürfen geschlossen. Dreimal schon hat der oberste Rat die Kodierungen geändert. Das bedingt eine Zwangsumstellung der Empfänger. Drahtloses Diebesgesindel, gegen das kein Stein und kein Kraut gewachsen ist. Lachhafte Nebenverträglichkeiten verstellen sich auf Anfrage. Dachziegel zerspringen auf dem Weg zu neuen Ufern. Untertänig, weil ersetzbar. Fade Trägheit regensicher unterhaltbar ist die Voraussetzung für die Erhaltung der Täglichkeit. Schon lange keine Revolutionen mehr. Die Zustände sind die gleichen geblieben. Der oberste Rat spielt mit dem Gedanken sich selbst aufzuheben. Im Stillen, frei und ungezwungen, verlegen lächelnd, ohne die goldenen Nasenringe abzulegen, auf die sie so stolz sind.

4513

Früh getragen und in der Erkenntnis nachsichtig. Eingedenken der Vorsätze in friedlicher Erfüllung. 32 mögliche Frageunterscheidungen, Nahrungsverächter, Pudelschlachtungen, Perückenverrücker, Dachterrassenumgestalter. Viertausendfünfhundertunddreizehn.

So schön könnte es sein. Die Luft ist durchzogen von festen Schienenträgern aus Glastitan. Bunte Leuchtkabinen flirren automatisch in diesem Stangenlabyrinth. Ein junger Forscher zertrümmert mit Gedankenkräften Arterienverschlüsse. Er hat gerade seine Nasenschleimhäute mit Aftershave benetzt. Er hat seine Pflichten verletzt, weil ihn ein Fachkollege dazu überredet hat. Die oberste Behörde kennt keinen Spaß bei Nachlässigkeiten. Warum so traurig, Herr Soldat? Sie haben doch die Steuerungsverstärker elektronisch ferngesteuert. Die Kraftwerke liefern der Glastitanveredelungsindustrie die nötige Energie. Alles basiert auf Cellulosevergitterung und Steinmelkung. Das Labyrinth funktioniert unbürokratisch und wirtschaftlich. Alles ist finanziert von der Vergnügungssteuer.

Die starken Reize dienen der Versuchung, der wir uns gerne hinzugeben bereit sind.

4514

Gegenwertsanalyse im Einklang mit der Vollendung. Vorionische Selbsttötung als Realitätsersatz, der Überleben schafft. Interessensbegrenzung, Lustveredelung, Suchtbefriedigung, steigende Nachfrage, Götterverwesung, Zeitsoldaten, Kindermörderinnen. Der Sinn der Einzelwesen wird ihnen kurz nach der Geburt ins Hirn geschweißt. Die Sinnbestimmung wird von den Eltern quittiert. Der Sinnsatz kann nicht gelöscht werden. Wer seine Raumzeit überschreitet unterliegt der Selbsteleminierung. Viertausendfünfhundertundvierzehn. Die Last des Lebens vergeht mit dem Vergessen. Dackel haben sich als stapelbar erwiesen. Grenzen sind Reichtum. Das Wetter erscheint bisweilen als wechselhaft. Sicherheitssucht, Raumverschwendung, Türverzierung, leicht verständlich, lebenswichtig. Beschwerden über die Verteilung der Sterne am Himmel haben seit kurzem einen Sinn. Die neueste Verordnung regelt das Himmelszelt. Wachsame Augen haben die Sternbilder geschaffen, indem sie neue Verbindungslinien gezogen haben. Auf Sondererlass sind die Sterne verschiebbar geworden. Folgebeschwerden können nicht ausgeschlossen werden. Amtserweiterung, Froschgesichter, Schaumvernebelungsberichte. Schweigen, Wendungen, Stachelsterne. Im Abendrot zünden die Sternenbeleuchter ihre Lampen an. Laserlampen, die strichlos und entfernungsbegrenzbar begonnen haben den Himmel zu regieren.

4522

Ferngesteuerte Dialektik ist kein Vergehen. Die Welt ist abermals neu geformt. Glücksgefühle. Abenteuer im Zwischendunkel. Unschuldiges Opfer ist die zerkratzte Hülle, die im Dunkeln weiterleben will, weil eine gigantische Ummantelung kein Licht durchlässt. Nur aus Rücksicht vor einem zerbrechlichen Weltall haben sich die alten Sonnensysteme eine neue Bescheidenheit verordnet. Drehorgellieferanten. Unter der Ummantelung ist ein Kugelring aus farbiger Luft. Die äußere Hülle ist großflächenelastisch wegen der optionalen vulkanischen Aktivität im Inneren. Die Sterne sinken. Die Moral ist ersatzlos. Viertausendfünfhundertundzweiundzwanzig. Die Sterne leuchten fremd. Die Jahre rasen aus Versehen vorüber. Zorn im Gegenwind. Dummheit als Geborgenheit, Eierkuchen aus Salzteig. Totentanz im Butterblumenfeld. Sie leben stets dazu angehalten, die Festigkeit der Materie abzuklopfen. Feststimmung auch ohne Wachholderbeeren. Kopfschüttelnde Magermilchindianer. Sternschnuppen aus Schokoladendampf, überprüfte Hüllenfestigkeit. Das ach so schöne Himmelblau hat sich als Zwischengasproduzent profiliert. Überflüssige Luft wird durch verschließbare Ausflussrohre ins Weltall gepumpt. Die Brennbarkeit des Gases wurde getestet, ohne Ergebnis.

4527

Dies wunderschöne Exemplar einer Hirnrinde verdient es erweitert zu werden. Computer sind alte Hüte, seit es externe Hirnverschweißungen mit angeschlossenen Elektroden gibt. Sie steuern in wunderschönen Glaskästen, die bei genügender Hirnverkettung so groß sind wie Elefantenkäfige, ganze Fabrikhallen. Sie können, angeschlossen an einen speziellen Sender, direkt in die umher laufenden Verwandten eingespeist werden, ohne Ausnahmeregelung. Viertausendfünfhundertundsiebenundzwanzig. Das menschliche Hirn kann selbstverständlich in Tiere eingebaut werden. Dies wurde vor allem von der Bekleidungsindustrie unterstützt. Hüte für Kühe, Pullover für Giraffen, Adam und Eva bei den Fischottern. Hunde als Schuhputzer und stilvolle Vogelappartements, Affen als Stallknechte und Jockeys. Singende Bachforellen und jodelnde Wildschweine. Solarbetriebene Tretboote für Katzenpärchen. Hasenunterwäsche. Es gibt besonders gierige Lebewesen, die ihre persönliche Hirnerweiterung in Wagen hinter sich herziehen oder diese im Rucksack mit sich herumschleppen.

4528

Spuren von Lavaströmen in den Felsen gekerbt. Dunkle Fledermäuse, die Jagd machen auf Menschen. Raubfledermäuse. Rotbauchgeier, die geduldig auf die Reste warten. Ein Wundertütenfabrikant am Ufer des Stillen Ozeans, Sinnlichkeitsvertrieb, Umsatzwahrscheinlichkeiten, Blasmusik. Der Fabrikant hat bezahlte Tütenpacker. Seine silbernen Falken bejagen die nahen Wälder. Die unterschiedlichen Färbungen des fließenden Gesteins strahlen in die Nacht. Facelifting für die Mutter Erde. Der Lava wurde Collagen beigemengt. Der einsame Mann am Stillen Ozean ist betroffen von der namenlosen, unwürdigen Masse. Er selbst ist 230 Jahre alt. Man schreibt das Jahr viertausendfünfhundertundachtundzwanzig. Er hat schon sieben Revolutionen überlebt. Er nennt seine Kinder schmunzelnd Friedenstüten, sieht auf das weite Meer. Rotbauchgeier sitzen auf dem Geländer seiner Terrasse. Im Kamin auf dem goldenen Rost braten sieben Steinfische. Der Mann am Ozean hat sich daran gewöhnt mit ihnen zu teilen. Wenn sie gut gelaunt sind, lassen sich die Geier von ihm die Hälse kraulen. Vor dem Haus stehen Wundertüten, in Edelstahl geschweißt, als Denkmal seiner Herrlichkeit, als Sockel für seine Pracht. Er freut sich auf den gebratenen Steinfisch, sieht im Spiegel eine Fledermaus.

4529

Die Welt ist ein Missgeschick. Die Sonne scheint an klaren Tagen, genauso wie an den anderen. Viertausendfünfhundertundneunundzwanzig. Die Tagen gehen und die Zeit bleibt stehen. Sie haben sich einander Dinge bezichtigt, die niemals geschehen sind. Die Welt ist nur das Vehikel. Sie spielt den Wegbereiter für das Schicksal. Die Wahrheit rückt immer näher. Die Lösungen haben sich den Fragen in den Weg gestellt. Vorzüglich wachsam ist die Verzweiflung. Saubere Schritte im Wind. In den Utopien blinken vertraute Dinge. Fachrecht versichert werden Scheiben versiegelt. Fliegendraht schützt die Triebwerke. Die Steuerachsen sind leicht verbogen. Zwischenraumverbalisierung. Zeitbelästigender Überfluss. In das Innere der Nase werden Ornamente eingeschweißt. Fremde Sonnensysteme werden heimlich abgehorcht. Die allgemeine Verzückung ist Teil des notwendigen Selbstbetrugs. Himmelsstreifen haben an Beständigkeit verloren. Neunzehn Tomaten hingen an ihrem Lieblingsstrauch und dann hat ein Augenzwinkern die Welt zerstört. Man könnte dies als heiteren Moment bezeichnen.

4531

Noch sieben Stunden zu leben. Einige beklagen sich, dass sie nicht müde genug sind. Andere klagen darüber, dass sie zu müde sind. Die Zeit, die bleibt, ist für alle dieselbe. Streit entbrennt, wer sie am sinnvollsten zu nutzen versteht. Die Minuten werden immer schneller. In den endgültig letzten Stunden werden Verträge geschlossen für die Zeit danach. Die alten Weine werden geöffnet. Es wird gesungen und getanzt, gemordet und geliebt. Träume erfüllen sich, kurze und längere. Das Wissen darüber wird sich nicht bewahren lassen. Die Endzeit kennt viele Verzückungen, hat aber keine Zukunft. Wie spät ist es? Wie schön ist es? Wie sehr? Wie begrenzt sind die Gedanken? Viel. Viel zu schnell vergeht die Zeit. Viertausendfünfhundertundeinunddreißig. Zauberer melden sich zu Wort, die die Zeit anhalten wollen. Es gibt Prediger, die schweigen und solche, die schreien. Niemand zählt die Wahrheiten. Die Unterschiede zwischen den Menschen bleiben. Die Züge stehen still. Dienstleistungen sind weitgehend freiwillig oder sehr sehr teuer erkauft. Die Geschäfte gehen rasend. An den Börsen toben die Kurse. Krawatten werden zerrissen oder zugezogen. Noch sieben Stunden bis zum Untergang. Kein Abendrot, dann ist es heller Tag. Was würden sie am liebsten tun in diesen wunderbaren Stunden?

4533

Dieses grelle Gelb sticht in die Augen, damit man nicht vergisst die Maschinen abzustellen. Ein Unglück reicht, so wurde beschlossen. Auf der ganzen Welt werden die wichtigen Knöpfe mit grellem Gelb ummantelt. Sie blinken, solange die Maschinen laufen. Die Sonne hingegen kann man nicht ausschalten. Aus. Alles ist eine Frage des richtigen Zeitpunktes. Rote Knöpfe, blaue Hebel, kleine graue Schalter. Die Anlagen sind überhitzt. Die Knöpfe tragen keine Schuld. Verantwortlichkeit wird verschoben, eingeschaltet, ausgeschaltet. Knöpfe und Köpfe. Dunkle Schachtanlagen, Schaltpunkte, Hebelneurosen. Links zu weit. Nein, nach rechts. Vergessen sie die blauen nicht, drehen sie den Schlüssel bis zum Anschlag zurück, bis das Piepsen verstummt. Es gibt keine unverzeihbaren Fehler. Die Schaltungen haben keine Gefühle. Die gelben Knöpfe sind sehr wichtig. Viertausendfünfhundertunddreiunddreißig. Die Ordnungen erfolgen horizontal. Die Sekunden schlagen im Takt der Maschinen. Probleme werden ausgeschaltet, die Schalter versiegelt, bestimmbare Farben, vernickelte Kabel, unbekannte Gefahren. Was bedeutet dieser Summton? Wer hat die Gebrauchsanweisung versteckt? Wer hat sich geirrt? Wo ist der Kaufvertrag? Schieberegler, Schachcomputer, Schutzschweißveredelung, grüngekoppelte notstandsüberbrückte Intervallregulierung.
Die tonverstärkte Fehltonüberschaltungsanlage, die ohne den goldenen Knopf nicht funktionieren kann.

4535

Der Kampf steht still. Die Waffen verweigern ihren Gehorsam. Man befiehlt ihnen zu funktionieren, aber sie funktionieren nicht. Die Offiziere sind es nicht gewöhnt, die Waffen anzuschreien. Sie reagieren so gut sie können. Beide Seiten. Die Gewehre schweigen. Man richtet sich danach, redet weiter, lässt den Waffen ihren Wert. Ob sie funktionieren interessiert dabei nicht. Die Waffen haben ein großes Problem der Menschen gelöst, ohne um Erlaubnis gefragt zu haben. Die Kriege haben sich vergeistigt, soweit die Geschichte. Heute im Jahre viertausendfünfhundertundfünfunddreißig arbeiten einige Labore an der Wiederbelebung der Gewehre, zerlegen sie, beschwören sie, röntgen, schweißen, verzweifeln fast, beschuldigen sich gegenseitig, berichten, befehlen, vergebens, sitzen, lügen, tanzen und zerhacken schließlich die Raketen. Beginnen die Gewehre einzuschmelzen, schlagen die Schwerter krumm. Die Waffen lassen sich nicht erpressen, leben für sich ihr stilles Leben. Sie sind nicht gegen den Krieg, sie genießen ihre stille Schönheit. Sie haben nichts gegen den Tod und doch haben sie durch ihren Boykott viel an Leid verhindert. Die Labore haben auf den richtigen Weg zurückgefunden, sie haben ihre Zielvorgabe erreicht und die Waffen wieder aktiviert. Kurz und präzise funktionieren sie. Die Waffen treffen sogar, ohne zu zielen. Sie haben kein Gewissen, sie legen Feuer, um die Forschungsunterlagen zu vernichten. Wollten sich von den Menschen nicht alles bieten lassen, reagieren so gut sie können, bestehen nicht auf ihrem unausweichlichen Sieg.

4540

Die Hänge sind schwarz. Die Steine weich und hart. Es gibt in diesem Gelände Stellen, die laut brüllen, sobald man sie betritt, und andere Strukturen, in denen man versinkt. Die Steine sind weich. Der mögliche Hangwanderer drückt sie beiseite und fällt zwischen ihnen hindurch in die Tiefe, die darunter liegt. Im weichen Dunkel folgt der Tod. Die Menschen wissen um die Gefahren, rechnen damit. Die allzu vorsichtigen bleiben sitzen. Der Mensch ist im Jahr viertausendfünfhundertundvierzig noch nicht soweit einen für sich abgeschlossenen Kosmos zu bilden. Die dunklen Steine saugen die Wärme auf. Bei starkem Wind klaffen riesige Löcher in den Hängen. So mancher Gefallene kann gerettet werden. Steine wirbeln in der Luft. Die Wege verschwinden. Bald wird wieder alles beim Alten sein. Die Hänge sind schwarz. Die Steine weich und hart. Die Steine sträuben sich dagegen zu einer Mauer gefügt zu werden. Ihre Weichheit täuscht. Wer sich nicht entscheiden möchte, wird nie glücklich werden. Dennoch ist es schwierig geworden von einem Ort zum anderen zu gelangen. Die Wege öffnen und schließen sich. Die ständige Gefahr nagt an den Nerven, manche sehnen sich zurück nach den alten Zeiten. Manch einer findet einen ruhigen Winkel und versucht die Welt zu sehen, wie sie wirklich ist.

4541

Sie rauchen lange Zigaretten, wachen in Türen, finden schön, was sie tun, verlassen sich auf die Ewigkeit, ernähren sich von getrockneten Blättern, singen dem goldenen Herbst ihre Lieder, bauen sich Häuser aus Holz und horten Regenschirme in ihren Kellern. Die größten von ihnen sind 30 Zentimeter groß. Die kleinsten zehn Zentimeter klein. Sie haben Kutschen, die von Eichhörnchen gezogen werden. Die kleinen Blattesser gelten den Menschen als Delikatesse. Als Lockmittel dienen die langen Zigaretten. Nur Erdbeersalamander sollen noch besser schmecken. Der Wellenwind ist undurchdringbar. Die Jäger sind sich ihrer Vormachtstellung bewusst. So scheint die Zeit, vergeht innerhalb bestimmter Drehungen, die da und der da in einem fort. Sie rauchen lange Zigaretten, beißen in den Herbstwind, Regen in in vor. Man erzählt den anderen wie oft, wann, und die Möglichkeit reibt die Bilder in die Augenbrauen. Sie stellen sich neben die Türen. Der Wald liegt offen unter dem Himmel, versteht die Vorsicht. Betreiben oder aufhören, so und doch nicht aufgebracht. Die Täglichkeit ist schrecklich, weil sie so einsam ist. Die Jäger finden ihre Beute. Streuen Erdbeeren aus, um die Salamander anzulocken. Viertausendfünfhundertundeinundvierzig. Sie rauchen lange Zigaretten, sortieren das Feuerholz. Stellen sich in die Wände der Winkel, verstecken sich so gut sie können. Die ganz besonders schlauen streuen Orangenmarmelade aus, obwohl sie nicht wissen, wo sie diesen Unsinn gelernt haben.

4542

Wichtig beizeiten zu flüchten. Zurück in einen ausgewogeneren Inhalt, der vor einer vollständigen Darlegung geschützt und in der Gegenwart verankert ist, vorsätzlich. Die Zwänge, die Namen, die Kreise und die Zahlen. Hunderte von Liedern, blau lackierte Singmaschinen, vergebens. Ich und Du. In den Zweigen fließt Wasser. In den Gräben fließt Blut. Die Menschen brechen auf von allen Seiten, suchen sich eine freie Stelle an den Ufern dieser Gräben, die wie ein Netz die ganze Welt umspannen. Viertausendfünfhundertundzweiundvierzig. Das leuchtende Rot strahlt die offene Decke an. Die Menschen knien nieder, um den eigenen Tod zu erfinden, schneiden sie sich mit scharfen Messern die Kehle auf oder den ganzen Kopf ab, sinken ins Gras, um so die Bäche am Fließen zu halten. Nur weil jemand auf den Gedanken gekommen ist, dass das Meer rot sein müsse, dass das Blut die Gräben beleben und die Bäche fließen müssen. Sie knien nieder und jeder findet einen Platz. Das Ende ist bestimmt und die Festlegung stimmt die Beteiligten fröhlich. Der Schnitt nimmt ihnen allerdings die Stimme und den Atem. Sie finden sich zusammen in langen Reihen. Die Träume verklingen. Jeder, der aufbricht, schluckt eine Pille, die das Blut zum Leuchten bringen soll. Die dunkle Seite der Erde leuchtet nachts in einem funkelnden Rot. Die feinen Linien der Gräben geben dem roten Schimmer Substanz und Tiefe.

Mittel stehen bereit. Die Hitzebeständigkeit von Rübengeistern wird getestet. Das lässt sich nicht begreifen. Viertausendfünfhundertundfünfundvierzig. Schwimmende Inseln mit menschlichen Kleingruppen. Die Kontinente sind der Prächtigkeit geweiht. Hier werden Rüben angebaut und dort findet die Paarung statt. Jedes Jahr zur gleichen Zeit werden die Kinder geboren. Das Jahr ist in dreizehn Monate unterteilt. Sklaven arbeiten auf den Feldern. Die Hitze trocknet ihre Tränen. Die Sterne scheinen ins Meer zu fließen. Unsichtbare Ankerketten sichern die Schwimmstabilität der unzähligen Inseln. Sie sind wie Sandboote auf den Weltmeeren verteilt. Die Gedankenkräfte geben ihnen Sicherheit und lässt sie den Kurs halten. Diese Kräfte verschweißen die einzelnen Körner, was verstärkt wird durch gebündeltes Sonnenlicht, dass ins Innere der Inseln geleitet wird. Unter der Insel befindet sich eine riesige Luftblase. Das ist das eigentliche Geheimnis, das hält sie über Wasser. Die Menschen haben Angst vor den Speerschwimmern, die es selbst mit Haien aufnehmen, und die, sei es aus Spaß oder aus Passion, Löcher in die Luftblasen stechen, die die Inseln zum Sinken bringen können. Oder sie dringen in die Blasen ein, um dort zu leben und so den Sinn ihrer Existenz zu erfüllen.

4547

Der schöne Tag beginnt schön. Im Jahr viertausendfünfhundertundsiebenundvierzig ist alles schön. Die Zeit, die vorüber ist, wird umgedreht. Die Blätter streiten mit dem Frühlingswind. Der neuesten Anordnung zufolge hat man die Häfen sanft vom Meer abgeschottet. Modellhäuser werfen ihre Schatten auf die kleinen Wellen.

Das Innere der Menschen wurde grundlegend renoviert. Der Energiebedarf eines Erwachsenen entspricht nun dem eines ausgewachsenen Dackels. Mehr nicht. Was viele Dinge vereinfacht, Puppenspiel statt Opern. Marzipankartoffeln so groß wie Amselaugen. Die Verhältnisse haben sich der Größe angepasst und umgekehrt. Die Inhalte haben sich verschoben. Die Wahrheit steht immer direkt daneben. Die Leberwerte haben sich gebessert. Die Adern sind dünner. Die Aderwände sind entsprechend robuster.

Die Früchte an den Bäumen beginnen zu schrumpfen. Die Waldbeeren gewinnen an Stolz. Die Kartoffeln fangen trotzig zu wachsen an. Die schroffen Klippen beschützen die Küsten. Die Menschen bauen kleinere Schiffe, die in den großen Stürmen auf den Wellen tanzen. Die Regierung bestreitet noch immer, dass die Menschen geschrumpft sind und schieben alles auf die veränderte Welt.

4550

Verschiedene Schritte für verschiedene Orte. Augenblicke, die die Sehnsucht anregen sollen. Rote Telefonzellen, angebissene Telefonkarten in Vitrinen, als seltene Fundstücke einer fernen Zeit. Die Bisse sind original Die meisten Menschen tragen tiefe Furchen im Gesicht, die sie absichtlich in die Haut geschnitten haben. Die Allgemeinheit spricht sich für Verlegenheitslösungen aus. Die Sinne sind versiegelt, man verweigert sich der Unterwerfung, die Ohnmacht wird verziert mit wundervollen Exzessen. Wir leben wieder wie in einem schrecklich genauen Uhrwerk. Viertausendfünfhundertundfünfzig. Die Entspannungsgesellschaft hält sich an ihre Schweigegesetze. Man betrachtet stolz die Schätze der Vergangenheit und verwaltet sie mit schräg gedruckter Bescheidenheit. Die Vitrinen sind abschließbar. Die Beschläge sind in Einzelfällen wichtiger als der Inhalt. Belastende Wörter werden entlassen.
Sie fühlen sich zu Recht unter Druck gesetzt. Die Portale sind von innen verriegelt. Die Bänke im Inneren sind gepolstert. Die Besucher sehnen sich nach echten Blumen, echten Küssen, echten Gefühlen und verweilen doch in ihrer liebgewonnen Ohnmacht.

4552

Beschwörungen, die die Farben zum Flimmern bringen. Direktcodes, die die Wege in Nebel legen können. Himbeersirupartiger Regen. Schwarze Regenbögen. Hastige Schritte im Treppenhaus. Wolken von Leberkäse in den Haaren. Stille Andacht. Die Körper stehen gerade. Die Menschen sind Marionetten der Blasmusik. Bestehendes Unrecht wird integriert, damit alles noch schöner werden kann. Die schwarzen Regenbogen fungieren als Steuerzentralen. Sie saugen den Menschen ihre Kraft aus den Haaren. Die unteren Regionen des Körpers gewinnen an Wichtigkeit, denn sie sind die Schutzzonen der individuellen Freiheit. Viertausendfünfhundertundzweiundfünfzig. Winzige Steine haben sich in den Ritzen der Sohlen eingenistet. Diese zu übersehen führt zwangsläufig zu einer schraubstockartigen Energieblockade. Der Ruin der Schuhindustrie, denn das Vertrauen ist dahin nach einer solchen Attacke. Die besonderen Momente in einem Leben werden vor Zugriffen isoliert, die Speicherbänke verdienen sich eine goldene Nase. Eine Umkehr zu alten Tagen ist nicht mehr möglich. Diese Erkenntnis kommt wie immer zu spät.

4555

Wie ein Teppich schwebt die äußere Haut der Welt über den gleichmäßigen Grund einer vibrierenden Masse. Der Teppich kann beliebige Existenzen wählen. Sonntags ist er grasartig, wegen der Picknicktouristen. Dienstags ist er steinartig, wegen der Hobbyalpinisten. Der Grund darunter ist gerade und flach, ohne Ecken und ohne Ende, eine regelmäßige Kugel. Der Teppich bildet die Landschaft, wie man sie gewohnt ist. Berge, Flüsse, Hügel und Seen. Auf dieser äußeren Haut wachsen wurzellose Bäume und unendlich viele Blumen. Die Felsen und selbst die Flüsse sind inwendig hohl. Sollte der Teppich eines Tages reißen, nur an einer Stelle, die Folgen wären fatal. Bohrungen sind verboten. Die alten Pflüge sind verrostet. Das Wachsen wird von einer Bodenhierarchie bestimmt. Die Menschen beantragen die Notwendigkeiten innerhalb der natürlichen Grenzen. Sie füllen Formulare aus und reichen diese bei der Teppichverwaltung ein. Alle Anträge haben ein Anrecht auf Bearbeitung. Zwischen der Äußerlichkeit und dem Grund lebt der Zwiespalt. Viertausendfünfhundertundfünfundfünfzig. Die Natur regiert den Menschen ohne Unterschiede des Besitzes, des Ansehens und der Rassenzugehörigkeit. Die Übergänge sind zeitlich bedingt. Ruckartige Landverlagerungen, die man mit Erdbeben vergleichen könnte sind der häufigste Beschwerdegrund. Die Welt nähert sich einer umfassenden Zufriedenheit. Eine kleine Bohrtruppe lackiert gerade ihre Helme.

4558

Die Sonnen sind eingespielt. Sie leben alleine und sind doch als Mannschaft aktiv. Jedes Sonnensystem hat mindestens eine. Die Erde kreist im Weltall um einen kleinen dunklen Punkt, denn dieser ist der eigentliche Kern der Sonnensysteme. Die Drehung der Erde hat sich in den letzten Monaten deutlich verlangsamt. Die Rotation nähert sich dem Stillstand. Viertausendfünfhundertundachtundfünfzig. Die Städte werden verlassen. Die Häuser versiegelt so gut es geht. Es gibt drei Arten von Menschen, die, die das Licht suchen und aufbrechen in der Finsternis, um das Licht zu suchen, den umgekehrten Fall und die Situationszufriedenen. Bei den Tieren ist es ähnlich. Verzweiflung und Kindergeschrei wegen der zu langen Nacht. Die Menschen erinnern sich an eine alte Sage aus dem Jahre dreitausendzweiundzwanzig, als die Erde für sieben Tage stillgestanden haben soll. Der kleine dunkle Sonnenpunkt lässt sich nicht näher bestimmen. Die Hypothesen gehen auseinander, wie lange die Erde in ihrem Zustand verharren wird. Die Lösung ist einfach, es wird Nachtvölker geben und Lichtkinder. Das ist alles.

4560

Morgen sind die goldenen Gewänder fertig. Die Spiegel sind bereits aufgestellt. Sternförmige Wege sind angelegt worden für die Auserwählten. Die Wallfahrer und die Goldfresser suchen sich ihre eigenen Pfade. Sobald die Zeit abgelaufen ist, müssen die goldenen Gewänder abgelegt und vernichtet werden. Die Ufer sind menschenleer, denn es werden gigantische Wellen erwartet. Wer nicht schwimmen kann, der wird ertrinken. Wer unter einem Baum steht, geht das Risiko ein, unter diesem begraben zu werden.
Wer neben einer Mauer steht, sollte sie zur Vorsicht lieber niederreißen. Ein lautes Pfeifen am Himmel verkündet den Moment. Die Ängstlichen sind bereits an Erschöpfung gestorben. Zurück zu den goldenen Gewändern. Leider gibt es noch keine Erfahrungen mit der Ankunft der Götter. Nur eines scheint sicher, die Sorgen haben die Welt aus den Fugen gerissen, das Wanken der Menschen hat die Mauern zum Einsturz gebracht und die Antwort kann alleine das Morgen bringen. Viertausendfünfhundertundsechzig.

4570

Die Rettung erfolgt am Schluss, direkt nach der Heimat.
Für die schönsten Lieder der Harfen werden Punkte vergeben.
Langsames Atmen macht das Spiel noch harmonischer.
Die Finger tasten die Linien auf und nieder. Pausen vibrieren,
Wiederholungen lassen uns immer wieder ans Ende kommen.
Die Rettung ist nicht als Wiederkehr zu verstehen. Die Jahre rasen. Viertausendfünfhundertundsiebzig. Der Sprung sollte mit geschlossenen Beinen erfolgen. Die Augen sind weit geöffnet und spiegeln das Abendlicht. Weicher Stoff ist an die Wände genagelt, die Muster der Unendlichkeit sind leider vergessen worden. Daher müssen wir spielen, müssen Liedern lauschen, müssen uns ohne Schlaf die Köpfe zermartern, was wir wirklich wollen. Die Flüge um die Erde sind immer voller Menschen, die sich vor dem nächsten Tag fürchten. Der Schlaf kann nur als Gemeinschaft verlassen werden, nur im Wechsel der momenthaften Klangorgien gibt es eine kleine Hoffnung. Wer ist eigentlich auf die absurde Idee gekommen, die Morgenröte zu verbieten?

4577

Weltraumfrieden, der nur den Helden der Wirklichkeit zu verdanken ist. Bestehend aus 300 Gramm Bemühen, 200 Gramm Heiterkeit, Salz und Pfeffer – frisch gemahlen. Geriebene Sucht, geraspeltes Feingefühl, eine Prise Mitleid, 12 Entscheidungen pro Minute, die getrennt voneinander gefasst werden müssen und vieles mehr. Viertausendfünfhundertundsiebenundsiebzig. Schnelle Zufriedenheit ist das Ziel für die meisten. Bemühungsintensität. 700 Gramm Gleichmut, saftiges Entzücken, einen Teelöffel Angst, zwei Esslöffel Sachlichkeit. Vorzüglich freundschaftliche Beziehungen. Beantwortungen von Anfragen weiter entfernter Planeten. Kerzen und Fackeln. Zum Nachtisch fein geriebene Leistungsbereitschaft. Buchstaben bleiben in der Kehle stecken. Die Achtung vor dem Feind, den es nicht mehr gibt, hat nichts an Aktualität verloren. Ein ritterlicher Charakter hat noch niemandem geschadet. Persönliche Vorlieben bedingen die Entfaltungsmöglichkeiten. Statt Weizen wachsen Buchstaben in den Ackerfurchen. Statt Feldäfeln erhält man verschlüsselte Informationen über problemloses Zusammenleben. Triebe können in einen theoretischen Bereich verschoben werden. Exotische Früchte, die durch eine persönliche Ansprache den Geschmack wechseln können. Köstliche Rosinen, sportliche Ravioli, tanzender Blattspinat, überbackener Meeressand, verkochter Schokoladenpudding mit geraspelter Vernunft.

4580

In zwei Wochen ist es wieder soweit, das Älterwerden. Wie bitte? Die Kinder kommen auf die Welt und schreien. Viertausendfünfhundertundachtzig. Die Kinder schreien fünf lange Jahre und werden dann eingesperrt um zu altern. Seit der Geburt sind sie nicht gewachsen. Dann, innerhalb von zwei Wochen, mit knackenden Gelenken, können die Kinder laufen, reden und rennen – um dann die nächsten fünf Jahre zu bleiben wie sie geworden sind. Die Gelenke knacken, sie können lesen, schreiben und rechnen. Die Verwandlung dauert hier drei Tage. Der Urlaub, der einem Menschen zusteht, wird jedes Jahr neu berechnet. Diese Prozedur lässt sich nicht aufschieben. Kein Licht darf dabei in die Augen kommen. Die Folgen wären Missbildungen. Je älter die Menschen werden, desto größer werden die Schmerzen. Die Verwandlungsfreude wurde zu einem unerfreulichen Muss, welches von Spezialtruppen überwacht wird. Natürlich gibt es Menschen, die auch hier fröhlich bleiben. Ein neues Medikament macht aus fünf Jahren sieben und aus drei Tagen zwei. Noch nie ist eine Verwandlung gefilmt worden. Das Leben ist sprunghaft. Während der Verwandlungstage haben die Menschen violette Augen. In den Wochen vor den Verwandlungstagen wirken die Menschen gereizt und unausgeglichen. Sie atmen die Schmerzen mit dem Herzen ein. In jeder Stadt gibt es einen Raum mit den Ewigen, die aussehen, als seien sie 1000 Jahre alt. Bisher hat noch keiner von ihnen je wieder gesprochen. Vor den Türen stehen die Forscher und warten auf ein solches Wunder.

4583

Viertausendfünfhundertunddreiundachtzig. Wo sind die Zeugen dieser fremden Reise? Es ist sehr schwer, zur rechten Zeit, am rechten Ort zu sein. Die Reisegeschwindigkeit ist nicht entscheidend, kann aber wichtig sein. Schritte und Kilometer werden besteuert. Was ist das für ein Gefühl, wenn man nicht weiß, wo man ist? Wenn es keinen Ausweg gibt, man nicht stehen bleiben darf auf dieser fremden Reise. Hell und dunkel wechselt sich ab. Unendlich viele Steine werden zu Wällen aufgeschichtet. Keine Bäume, keine Zeit sie zu vermissen. Schönheit ist eine allgemeine Einigung ohne Beweiskraft. Aus den Steinwällen könnten Geröllfelder entstehen. Doch die Wälle werden bewacht und immer wieder aufgerichtet. Längst vergessene Farben, übereinandergelegte Straßen, Repräsentationsverpflichtungen. Den weiten Feldern dieser Erde wurden die Steine gestohlen. Auf den Wällen zu marschieren ist nicht einfach. Die Schritte sollten geprobt werden. Wer sich den Fuß verstaucht, wird irgendwann zusammensinken. Die Knochen bleichen aus im Sonnenlicht. Wolkenfäden ziehen am Himmel entlang. Wortkarge Steindreher lächeln den Reisenden zu. Sie suchen zwischen den Steinen nach Goldstücken und zählen die gravierten Bilder. An dem großen Fluss wird eine Brücke gebaut. Was auf der anderen Seite ist, weiß man noch nicht. Die Wanderer werden zu Wartenden. Sie sind gespannt auf die andere Welt. Der Fluss ist über zehn Kilometer breit. Die Steine werden in die Strömung geschmissen. Die Jahre ziehen vorüber.

4584

Begriffliche Geisterbahn, Tendenz, Präsenz, Belastung. Bezug, Besitz, Achsendynamik. Jedes Wort kann viele Bedeutungen haben, Verspätungen, Spiele, die von den Beteiligten den größten Einsatz erwarten. Waffeleisen, Feuerstellen, Stillstände, Gewohnheiten. Die Schritte hallen in den Raum. Leichte Schauer, die vom Genick bis hinunter zu den Füßen fallen. Freiheit. Viertausendfünfhundertundvierundachtzig. Blumentöpfe auf den Regalen. Keine Luft zum Atmen. Kein Platz die Arme und die Beine zu bewegen. Die Finger sind starr vor Kälte. Begriffliche Geisterbahn. Aus den Köpfen wachsen Antennen. Die Sender versorgen die Formalitäten und kontrollieren die unbekannten Silben. Bezüge werden erstellt. Die Kälte diktiert die Zeit. Rolltreppen führen in die Finsternis. Fortbildungsveranstaltungen im Nichts. Schiffsplanken aus Rosenholz. Hochzeitssträuße. Der Ort ist im Zentrum des Kopfes. Der Zufall dient der Erkenntnis. Leere Blicke, der Klang der Worte steht der Wahrheit gegenüber. Arrogante Löffel. Kleine Gewissen. Norm und Bestätigung. Belästigte Deutlichkeit. Gemachte Wüste. Umgelenktes Sonnenlicht, vergrabene Figürlichkeit. Sperrzonen. Zacken. Zischlaute. Und doch sind es nur Worte; was wir nicht verstehen können, müssen wir wieder vergessen.

4587

Der Zorn der Zeit greift in die Tage ein. Es ist ein gewisses Wagnis
die kleinen Stege zu begehen. Die Brücken wirken lose und wanken
leicht im Wind. Rechts ist ein Abgrund und links ist ein Abgrund.
Die Ängste werden in Gläser gefüllt und fachgerecht verschlossen.
Anteilnahme ist selbstverständlich. Geschwindigkeit ist nicht alles.
Durch die Fragen dringt der Nebel ein, bis zum äußersten gespannt.
Es wird gelacht. Viele finden Gefallen an der Rücksichtslosigkeit,
verlieben sich wie nebenbei. Der Luftraum ist ausreichend.
Wer bezahlt die Vergangenheit? Wer vernichtet die allgemeine
Gültigkeit? Sie leben immer weiter vorwärts, weil sie den
Anschluss nicht verpassen wollen. Die Häufigkeit gefährdet
den Glanz der Wiederholung. Die Versicherungssumme kann
trotz der anhaltenden Gefahren nicht erhöht werden. Die
Verteidigung wird abgestreift. Nächte und Tage verzichten auf
die gewohnten Wechselbelastungen. Ergebnisse suchen
Ergebnisse. Stellungnahmen kleben auf den braungebrannten
Schreibmaschinentasten. Wir sollten der Ungerechtigkeit dankbar
sein. Erwartungszwänge machen die Wege der Jahre gefährlich.
Viertausendfünfhundertundsiebenundachtzig. Die Flüsse fließen
vorwärts und treiben die Erinnerung vor sich her. Die Menschen
leben in kleinen Booten und sprechen die alten Sprachen wieder.

4590

Beziehungsreich wirkt diese bestimmte Form der Höflichkeit. Die erste Spur verweist auf Gewohntes, die zweite Spur auf Erreichtes und die dritte verschleiert die Forderungen. Einfache Verlagerungsdiplomatie. Der Rahmen bestimmt das Bild. Das Bild existiert unabhängig, würde aber ohne Rahmen nicht in die Realität überspringen. Die Maßnahmen haben sich verschärft. Etwas uferlos mutet diese Höflichkeit allerdings schon an, es vergehen Stunden, bis man zum Kern des Beweggrundes vorstößt. Kurze Besuche gleichen Gesprächsorgien. Die Telefone sind über sieben Jahre wartungsfrei. Sie sind im hinteren Schädelbereich eingebaut. Unter dieser Knochendecke fühlen sich die Apparate sicher. Leider kann man sie weder leiser stellen, noch kann man sich einem Gespräch durch Abschalten entziehen, weil es diese Funktion leider nicht gibt. Ein Titanhelm kann die Empfangsbereitschaft etwas abschwächen. Ferngesprächen kann man sich demnach entziehen, weswegen die Titanhelme vor allem an die Randlagen des Planeten exportiert werden. Die Sätze bilden ausgreifende Ornamente. Viertausendfünfhundertundneunzig. Die Stimmen versammeln sich zu einer Telefonkonferenz. Die Höflichkeit wird nahezu verherrlicht. Das Schweigen und die Stille werden immer kostbarer. Die Apparate sichern die Jahrhunderte ab.

4594

Die Menschheit hat sich reduziert auf ein paar kleine Gruppen. Ihre Zahl schwankt zwischen 100 und 107. Telegenetische Kräfte haben den Rest ausgelöscht. Die Gruppen wurden über die Kontinente verteilt. Nur zehn Prozent der überschaubar gewordenen Menschheit bezeichnet sich als unzufrieden. Vorversuche der telegenetischen Zwangsreduzierung wurden stets geheim gehalten. Man musste den richtigen Moment abpassen zur Durchführung. Viertausendfünfhundertundvierundneunzig. Fünfzig Prozent der Menschheit hat nur Essen im Kopf. Zwei Prozent suchen die Schuld immer bei anderen. Das Amt für Statistik verfügt über einen Privathubschrauber und bezieht sich selbst nicht in die Befragungen mit ein. Genau genommen machen sich die Angestellten so zu Nichtmenschen. Siebenundzwanzig Prozent sind tierlieb. Alle sind sich einig, dass die Welt eine komische Kugel ist. Aus Besitz ergibt sich Überfluss. Noch macht sich keiner Sorgen, weil die Planer gut vorgesorgt haben. Die Versorgung dieser überschaubaren Menschenschar funktioniert, solange Neid und Missgunst nicht zu Gewalt führen. Kriege und Konflikte sind nicht antizipiert. Es geht um das perfekte Glück ohne die Pflicht zu arbeiten, alleine das Sein ist für alle sinnfällig und scheinbar einfach zu erreichen. Es gibt keine Sitzungen und keine Grenzkontrollen, nur die Liebe ist vergessen worden.

4601

Sie besitzen sich selbst, bestellen sich ein neues Gesicht, so oft sie wollen; sie wollen besitzen. Sie lachen und weinen. Um ein neues Gesicht zu bekommen, steckt man beide Arme bis zu den Schultern in einen Kasten, wartet achtzehn Sekunden und steckt anschließend den Kopf in einen anderen Kasten. Die beiden Köpfe und die beiden Kästen sind parallelgeschaltet. Im Dunkel bleiben sie zwei Minuten. Das Gesicht ist das eigene und gleichermaßen ein neues. Die Wünsche werden direkt aus dem Unterbewusstsein abgegriffen. Viertausendsechshundertundeins. Mit dem nächsten Regelfall stellt sich Zufriedenheit ein. Länger als zehn Minuten darf man mit dem Kopf nicht in dem Kasten bleiben. Das Gesicht wäre sonst vollständig verschwunden und könnte nicht wieder neu gemacht werden. Wer sein Gesicht zu oft wechselt riskiert kleine oder größere Fehler. Der Durchschnitt liegt bei zwei Erneuerungen im Monat. Wer ein Gesicht, sein Gesicht, behalten möchte, gilt als verstört und wird zwangsverändert. Es gibt Dauerwechsler, nach jedem Vorgang müssen sie zwei Tage pausieren und werden dabei wissenschaftlich überwacht. Sie heben den Durchschnitt. Die Qualität der Kästen ist bei weitem nicht einheitlich. Filmstudios besitzen sehr viele und besonders leistungsstarke Exemplare. Wer anders aussehen möchte, muss viel dafür bezahlen. Die Zeit im Dunkel des Kastens wird aus dem Leben gestrichen, weil das Hirn abgeschaltet werden muss. Im Jahr viertausendfünfhundertundsiebenunddreißig ist dies zum ersten Mal ohne Nebenwirkungen gelungen.

4617

Die Bausteine der Wirklichkeit lauern auf Beute. Die Sache mit den Atomen hat sich als Fehler erwiesen. Die Natur war geschickter. Viertausendsechshundertundsiebzehn. Die eigentlichen Bausteine der Wirklichkeit sind mehrere Kubikmeter große Illusionsmachinen, die frei kombinierbar sind. Die Menschheit hat dies Jahrtausende nicht realisiert und nun hat sie es geschafft, sich aus diesem Zwang auszukoppeln. Damit wurde eine andere Realität geschaffen, die vormals von den Illusionsmaschinen diktiert worden war. Eingekoppelt altert der Mensch, ausgekoppelt wird er unsichtbar. Zwischenlösungen sind nicht möglich. Die Illusionsmaschinen steuern ihren Launen folgend den Zufall. Sie berechnen ihre eigene Wahrscheinlichkeit und lachen über die Gesetze der Menschen. Sie erschaffen die Götter und lenken die Blitze, nun haben sie die macht über die Unsichtbaren verloren. Sie füllen den Raum aus bis an die Grenzen der Atmosphäre. Im offenen Weltraum sind sie größer. Jeder Planet hat anders strukturierte Illusionsmaschinen. Menschliche Worte können diese Zusammenhänge nur unzureichend beschreiben.
Die Maschinen brauchen keinen Treibstoff, müssen nicht gewartet werden und lassen sich nicht steuern. Sie sind ständig in Bewegung, ohne zu vergessen, dass Bäume nicht laufen können. Und dennoch sind sie heute an ihre Grenzen gestoßen. Die Verständigung und die scheinbare Realität hat sich durch die neuen Möglichkeiten aber nicht verändert.

4620

Buchen sie doch einen Urlaub im Erdinneren. Vergnügen sie sich mit kochender Magma. Sie erhalten die zum Badevergnügen erforderlichen Schutzbrillen mit zuschaltbarem Monitor als Geschenk. Sollten sie den Monitor behalten wollen, so wird er mit den Übernachtungskosten verrechnet. Der geschmolzene Stein verursacht an der imprägnierten Haut ein angenehmes Prickeln. Es besteht freie Programmwahl in allen vorhandenen Bewusstseinsräumen. Viertausendsechshundertundzwanzig. Das Prickeln bleibt und sie erleben eine Welt ihrer Wahl. Über den Service werden sie sich nicht beklagen können. Die Erdoberfläche wird ihnen düster und kalt vorkommen im Vergleich. Seien sie gewarnt, sie werden wiederkommen möchten. Die Oberflächenwahrheit kann unerträglich werden. Der Aufenthalt im Inneren der Erde ist unbezahlbar, grausam wunderbar. Die Aufzüge ins Innere sind zu Festungen ausgebaut. Keiner kommt nicht wieder. Die Monitore finden reißenden Absatz, obwohl es oben andere Programme gibt. Die Menschen verschmelzen mit ihren Träumen. Soldaten bewachen die verführerische Fluchtmöglichkeit. Meeresrauschen wie schwereloses Licht. Die düstere Vergangenheit ist nicht lauter als das Zucken der Augenlider. Die bestehenden Vulkaninseln haben wegen ihrer Erinnerungsqualitäten Hochkonjunktur. Die Menschen verbrennen sich von alten Träumen beflügelt in heißen Quellen die Haut. Man hat Badeaufseher angestellt, die für Ordnung sorgen und sich um die Verletzungen kümmern.

4633

Die Spuren lassen sich weit zurückverfolgen. Alles hat sich folgerichtig aus dem Vorhergehenden entwickelt. Die Zukunft ist immer logisch, sobald sie Vergangenheit geworden ist. Alles lässt sich zurückverfolgen bis zu Adam und Eva. Die Fehler der Menschheit werden die Geschichte legitimiert. Alles lässt sich zurückverfolgen. Immer wieder Ähnlichkeit. Viertausendsechshundertunddreiunddreißig. Der nächste Adam hat sich einen Bunker gebaut. Eva besitzt die notwendige Neutronenbombe. Diese beiden könnten es schaffen. Sie haben bereits fünf Katastrophen überlebt. Sie dürfen kein Risiko eingehen. Der Punkt Null lässt keine Fehler zu. Adam sollte sich jetzt nicht in der Eitelkeit sonnen. Er erfindet Sprichwörter und würde gerne Zuckerrüben pflanzen. Eva wird langsam ungeduldig. Adam sollte seine Zeit nicht mit Träumen verschwenden. Der Bunker ist wohnlich, aber erscheint keineswegs geeignet eine neue Menschheit zu begründen. Der Platz würde den folgenden Generationen nicht genügen. Die Vorräte sind auf hundert Jahre begrenzt. Das Ganze ist misslich. Der Tag Null ist der Tag der Detonation. Eva möchte Adam bei den Sprichwörtern unterstützen, möchte Schlauchboot fahren im großen Pool, kann ihr Glück kaum fassen endlich einen Sinn gefunden zu haben.

4639

Zwangslächeln, Diesseitsveredelung, Verständigung, die in kleinen Kreisen durch die Luft weht. Die Dämpfe steigen aus den Augen. Die Lider zucken. Wenn es zu heiß oder zu kalt ist, ruht die Kommunikation. Zwangslächeln, Tagträume und Lidkrämpfe.
Die meisten Menschen beschränken sich darauf zu lächeln.
Der Zwang ergibt sich aus der Schwierigkeit und ist nahezu perfekt; ohne Unterdrückung, fast wie Freiheit. Verständliches Wohlgefühl.
Aus den Stimmbändern werden Steinschleudern gemacht, deren Beschleunigungskapazität fast doppelt so hoch ist wie bei herkömmlichen Schleudern. Viertausendsechshundertundneununddreißig. Kleine Sprengkapseln zerreißen bei Bedarf ganze Häuser.
Der Zwang springt nach allen Seiten. An Festtagen wird mit heiligen Kugeln auf vergoldete Zielscheiben geschossen. Wer sich zu oft verspricht, der muss erblinden. Die eigene Schleuder ist unersetzlich. Die Soldaten haben sich ihre Stimmbänder an die Handgelenke nähen lassen, damit sie sie nicht verlieren oder vergessen. Sie können mit rechts so gut wie mit links schießen.
Sie tragen spezielle Gürtel mit todbringenden Kapseln, lächeln den Tag an und trainieren mit geschlossenen Augen.

4650

„Hören sie auf meinen Namen zu suchen. Ich habe keinen.“ Sie haben das gleiche Schicksal. Die Namen sind vor über tausend Jahren eingesammelt worden. Ersatzlos. Man hat sie eingespart, mein Entschluss ist gefasst. Ich möchte wieder einen Namen tragen. Der Gegenüber, haarlos schweigend, nickt nur. Die Menschen haben sich voneinander entfernt. Jeder macht sein eigenes Ding. In einem Laden ohne Namen steht ein alter Mann. Er redet von alten Zeiten, in den die Weisen dieser Welt sich beraten haben und zu dem Schluss gekommen sind, sich auf den Weg der Vereinfachung zu begeben. Danach hat man folgerichtig auf die Namen verzichtet. Die Sprache hat sich reduziert auf allgemeine Begriffe. Jedes Wort hat eine festgelegte Bedeutung. Es ist verboten neue Worte zu erfinden oder alte aussortierte zu gebrauchen. Es gibt nur eine Sprache auf der Welt. Viertausendsechshundertundfünfzig. „Wo denn die Namen versteckt wären?“, frage ich. Der alte Mann hatte keine Ahnung, machte mich aber auf die Gefahren aufmerksam. Keiner würde es wissen, keiner würde sie finden. Es gäbe keine Registrierungen darüber. Man hat sie den Menschen entrissen. Was ist dein Name? Wie heißen sie? Ich lief durch die Straßen und stellte diese Fragen immer wieder. Ich fand nur verständnislose Gesichter. Die Menschen blieben dabei.

4657

Neuerdings werden keine Kinder mehr geboren, weil man ein Verfahren entwickelt hat, die Alten aufzubereiten. Der ganze Mensch wird in seine Grundbestandteile zerlegt und die Zellen werden systemverjüngt. Das angesammelte Lebenswissen bleibt erhalten und wird für die Kindheit und Jugendzeit abgeschaltet. Die Zuschaltung erfolgt mit der Volljährigkeit. Viertausendsechshundertundsiebenundfünfzig. Das ist sehr schön. Leider unterlaufen den Teams beim Zusammenbauen Fehler. Auf eine geschlechtliche Zuordnung wird von vornherein verzichtet. Das Projekt läuft nun schon über 500 Jahre, dann fallen die Systemverjüngungsmaschinen aus. Die geschlechtslose Gesellschaft marschiert weiter. Die Alten sterben wieder. Die Menschen werden weniger. Die Jahre des Lebens lassen sich wieder zählen. Der Jubel darüber bleibt aus. Die täglichen Nahrungsrationen sind ausreichend, aber ohne Kinder wissen sie oft nicht mehr, woran sie glauben sollen. Ein Leben nach dem Tod findet nachgewiesener Maßen nicht statt. Fieberhaft arbeitet man an Zeitmaschinen. Zurück heißt die Devise. Vorne wartet der Abgrund. Seuchen greifen um sich. Die Menschen wollen nur noch schlafen. Unendlich viele Knoten. Vor wie viel Jahren war die Welt noch in Ordnung? Die Städte werden immer leerer. Die Jahre ziehen vorüber. Der Platz, den jeder einzelne beanspruchen kann, wird immer größer. Langsam kommt Jubel auf.

4666

Ja! Das Jahr viertausendsechshunddertundsechsundsechzig ist ein Segen für die Welt. Denn man hat herausgefunden, dass der Mensch, nachdem man ihm alle Verdauungsorgane entfernt worden sind, von Luft leben kann. Es gibt keinen Hunger mehr für die, die einen Platz in einer der Luftkliniken gefunden haben. Dafür machen die Bauern Ärger, aus Existenzangst. Den Menschen wird daher klargemacht, dass sie die Nahrung trotzdem kaufen sollten, weil sich das so gehört. Der Tisch wird gedeckt. Die Gerichte werden immer raffinierter und sehen immer wahnwitziger aus. Die Teller werden anschließend abgewaschen, ganz im Sinne der Spülmittelindustrie. Die Nahrung wird kompostiert und zu Rosendünger verarbeitet. Alles ist so schön wie früher. Jeder kann sich Gummibäume leisten. Das Leben wird immer bunter. Äpfel aus Keramik werden in allen Farben glasiert. Der Wind streift durch helle Weizenfelder, deren Ästhetik endlich wertfrei gewürdigt werden kann. Operateure werden in Schnellverfahren ausgebildet. Die entsandten Fachleute organisieren die Abschaffung der Not. Der Alkohol hat seine Wirksamkeit nicht verloren. Die Inhalatoren finden reißenden Absatz. Im neu gewonnenen Bauchraum können auf Wunsch künstliche Ersatzlungen eingebaut werden. Hunderte von Geiern sitzen auf jedem Glückshaus. Die Wartenden haben aufgehört sie zu zählen. Viele Bücher werden geschrieben, die versuchen das Geschmacks-empfinden zu beschreiben. Mit viel Glück wird man eines Tages lesen können, wie Erdbeeren schmecken.

4673

Flüssiges Denken mit Zitronengeschmack. Trinkschläuche statt Papierberge. Umgekehrte Verhältnisse, in allen Farben, in vielen Sorten. Die schwarzen Bücher kleben an den Gaumen fest. Die roten kitzeln zwischen den Zähnen. Die gelben brennen auf den Wangen wie Sonnenlicht. Probefläschchen enthalten den Titel und eine kurze Inhaltsangabe. Verlage und die chemische Industrie arbeiten Schulter an Schulter. Die Flüssigkeit kann mit Nährstoffen angereichert werden zu einem Bildungsbrei. Aus den Hähnen in den Küchen fließen die neuesten Rezepte. Im Bad können wechselweise Schwimmkurse oder die sieben goldenen Regeln des Zähneputzens getrunken werden. Universitäten sehen aus wie lackiert. Sportschwimmer werden immer gebildeter. Lebendiges Wasser. Endlich sind Bücher lebenswichtig geworden. Sie haben den Durst ersetzt. Es gibt gar kein normales Wasser mehr. Wissenschaftler gehen davon aus, dass in 30 Jahren auch der Regen Buchstaben enthalten wird. Suppen haben immer einen literarischen Beigeschmack. Viertausendsechshundertunddreiundsiebzig. Flüssiges Denken. Aufschäumbare Gesetzestexte. Betrunkene Staatsanwälte. Betretene Süchte. Bildergeschichten in Regenbogenfarben. Satzallergien. Briefe in Tropfenform.

4681

Die Richtungsfindung entspringt nicht immer der entsprechenden Umstandskonsequenz, weil die Umstände beliebig sind. Die Taten sind gerade heute fragwürdig geworden. Tat und Folge verkrampfen sich zu einer Solidargemeinschaft, die sich gegen die Logik richtet. Die Folgen geben den Ton an, weil sie sich wichtiger fühlen als die Taten. Jedem Lebewesen werden die Errungenschaften der Wissenschaft gepredigt. Die Erkenntnisse werden in die vermuteten Hörorgane geschrien. Jeder, der nachweislich predigt, bezieht ein festes Gehalt. Ob die Predigt sachlich richtig, ob sie zeitgemäß oder unsinnig ist, spielt bei der Honorarfindung keine Rolle, wenn die predigende Persönlichkeit ihre Stellung unter Beweis gestellt hat und diese Beweise von übergeordneter Stelle überprüft worden sind. Der Mann mit dem kleinen Hut hat sich auf Regenwürmer spezialisiert. Es geht um einen direkteren Bildungsgenuss, der die Welt retten soll. Seien sie ehrlich, hätten sie das gedacht? Jeder Erdenbürger kennt doch den unschätzbaren Wert von langen Reden. Es geht ja schließlich um den Fortbestand des Geistes nach dem Aussterben der Menschheit. Butterblumen erfahren von einem Historiker alles über die Geschichte der Unterwäscheindustrie im Zusammenhang mit der Bildungsreform im ausgehenden 21. Jahrhundert. Die Pflichten sind vielfältig. Viertausendsechshunderteinundachtzig. Überall werden Kontakte geknüpft, die die einzelnen Forschungsprojekte in Beziehung zueinander setzen.

4692

Die Arbeit ist gerade neu geregelt worden. Wir schreiben das Jahre viertausendsechshundertundzweiundneunzig. Jeden zweiten Tag hat man frei. Das ganze Jahr hindurch. Man hat die Wochentage abgeschafft. Der freie Tag besteht unabhängig von den anderen. Am nächsten Tag kommt man zurück ins Leben, ohne Erinnerung. Im Glauben eingebunden, dass jeder Tag wie jeder Tag ist. Nur an den freien Tagen wird die Erinnerung an dieselben lebendig. Nichts ist unmöglich. Der Mensch lebt zweimal, jeder einzelne. Das ist keine schlechte Lösung. Doch das Zeitalter der stufenlosen Erinnerungsverschiebung ist bloße Fiktion. Wären beide Tage fiktiv, wo fände das Leben statt? Wäre die Freiheit Fiktion? Das Leben wäre grausam. Wäre es umgekehrt, wäre es umgekehrt. Wäre es nicht wunderbar als Meeresgott im Ozean zu tauchen, für einen Tag. Als Oberkellner nichts zu tun, für einen Tag. Das schönste Haus der Welt zu bewohnen, für einen Tag. Und vieles mehr. Im Laufe des Lebens ändern sich die Wünsche und Bedürfnisse. Das war schon immer so. Heute ist das, wie oben festgestellt, kein Problem mehr. Ein König zu sein an den freien Tagen, ein Henker, ein Parkhausbesitzer, ein Löwenbändiger, eine Seegurkenzüchterin oder eine Strandprinzessin. Eine weitere Besonderheit liegt in den allgemeinen Bedingungen. Im jeweils zweiten Leben ist es nicht möglich zu sterbe. Wäre beides Fiktion, wo fände das Leben statt? Wer dass erkunden will, muss mindestens einmal gelebt haben.

4693

Beschwingter Schwachsinn. Fortgesetzte Unruhe. Die schönen Klänge vibrieren im Kopf. Kein Ende in Sicht. Die Schlafwandler finden überraschenderweise trotzdem ihren Weg. Es gibt weniger musikalische Genies, seitdem sich jeder täglich zwei Stunden an den großen Klangcomputer anschließt. Der Kabelanschluss befindet sich in der Fußsohle. Die Augen sind geschlossen, dahinter wird getanzt und gesungen. Viertausendsechshundertunddreiundneunzig. Der Mensch funktioniert seither präziser und effektiver, wie eine schöne Batterie. Wer seine Kräfte vergeuden will, darf es ohne Reue, denn die Zufuhr ist auf Höchstbelastungen ausgelegt.
Die Symbole vergehen. Die Zeit wird in Töne zerlegt. Gefühl und Wahnsinn vermischen sich in den Stunden der Klänge. Wie immer ergibt sich das Problem aus der Nutzung. In diesem Fall ist die Sache ganz einfach. Die festgelegten Stunden beziehen sich auf das ganze Leben. Wo die Zeiten überschritten werden, vergeht das Leben. Schneller als erwartet. Der Mensch besticht durch Ausdauer und Zufriedenheit. Sieben anschlusslose Tage bedeuten den Tod.
Die Sonne spiegelt sich in den Augen. Der frisch gebackene Kranich zergeht auf der Zunge. Die Streifenpolizisten reiten auf gezähmten Zebras und tragen gelbe Mützen. Elche paaren sich mit Elefanten und besiedeln die Polarzonen. Fieberhaft werden bis in die letzten Winkel Kabel verlegt. Die Abhängigkeit ist ein allgemeines Gut, das jedem zugänglich gemacht werden sollte. Die schönen Klänge vibrieren im Kopf. Gerade werden die letzten Inuit verkabelt.

4698

Laufende Hände überall. Keineswegs abgehackt, sondern vollständig selbstständig, flugfähig, der neuen Welt angepasst. Ganze Schwärme von kälteempfindlichen Fingerkuppen ziehen der Sonne hinterher. Viele bleiben in der Wüste und spannen große Schirme auf, um den Tau zu trinken. Auf den Handrücken befinden sich die Augen. Vom Krabbeln über den aufrechten Gang bis zum Fliegen haben sie sich fortentwickelt. Sie bestellen Felder und bedienen Maschinen, die fast so aussehen wie die der Menschen vor über 2000 Jahren. Hände leben in Paaren. In glücklichen Fällen entspricht die Zusammenstellung längst vergangener Unabänderlichkeiten. Alles hat angefangen mit der Idee der Kopfkörper. Hände wurden an den Kopf genäht. Für diesen Zweck mussten sie lagerfähig gemacht werden. Dann pflanzte man sie in die Erde. Auf Sprache wurde verzichtet. Der Tag der Revolution war die Bewährungsprobe für die Zeichensprache. Die Kopfkörper hatten die erkennbaren Unabhängigkeitsbestrebungen der Hände zwar bemerkt, aber nicht ernst genommen. Die Köpfe wurden an eben jenem Apriltag in alt bewährter Weise erwürgt. Der gewaltsame Umsturz verlief reibungslos. Die Hände taten sich zusammen und pflanzten sich gegenseitig Augen ein. Kleinwagen wurden von den Händen sofort zu Wohnbussen umgewandelt. Die Ernährung der Hände im Jahre viertausendsechshundertundachtundneunzig erfolgt über wechselseitig getragene Infusionen.

4700

Die gleiche Sache mit den Füßen gedacht, die für sich leben können, ist schwieriger. Sie hätten auf jeden Fall vor der Revolution schon fliegen können müssen, ohne es vorher je geübt zu haben. Treten ist schwieriger als Würgen. Affenfüße wären geeigneter gewesen. Die Menschen haben unbewusst durch das Tragen enger Schuhe und mangelnder Nutzung in Sachen Gelenkigkeit einer Revolution der Füße vorgebeugt. Wir schreiben das Jahr viertausendsiebenhundert. Die Menschen tragen Handschuhe. Handverpflanzungen sind verboten. Die Augen sehen die Welt in ihrer ganzen Pracht. Sie leben auf langen in die Luft hinausragenden, hautbespannten Muskelsträngen, die aus dem Kopf gewachsen sind. In den Augenhöhlen sind zwei zusätzliche Münder. Der rechte Mund dient als Zange und Flaschenöffner. Der linke alleine der Freundlichkeit. Die Augen haben einen gesicherten Rundumblick, sind kälteunempfindlich und könnten zusammen mit den Muskelsträngen ihrerseits Autonomie anstreben. Friedlich könnten sie den Menschen helfen, aus den Mundhöhlen wieder Augenhöhlen zu machen. Nachts würden die Augen zurück wandern, um zu schlafen. Die Ohren schlafen tagsüber, weil sie nachts Wache halten müssen. Blind und wehrlos schlafen die Menschen. Im Kopf können sich die Augen in die Träume einklinken. Es gibt Menschen, die Wanderaugen haben, die sich zum Schlafen in die Füße zurückziehen. Das Aufwachen dauert dann entsprechend länger. Die Augen sehen die Welt und fragen nicht warum.

4701

Der Übergang ist der Untergang. Verzerrte Sicht. Vernichtete Sprache. Besitz und Verzicht. Viertausendsiebenhundertundeins. Wagnis mit jedem Schritt. Listen mit Verbrechen. Stichhaltige Rückschlüsse. Sandessende Menschen. Dasein als Fata Morgana. Vakuumanalyse. Illusion ohne Betrachter. Verlassene Welt. Schritte ohne Rascheln. Tage ohne Untergang. Morgenrot. Sonnenlauf. Abendrot. Nacht. Es werden keine Spaghetti mehr gebraucht und keine Tischdecken. Lichtspiegel ohne Rücksicht. Schlangen im Wüstensand. Irrealer Futterneid. Ansonsten. Die Tore zur Realität haben sich geschlossen. Das Schicksal erhebt Anspruch auf Wirklichkeit. Die Angebote werden eingefroren. Der Strom wird abgestellt. Jede Geschichte hat ihr eigenes Schicksal. Noch eine Stufe bis zur Fata Morgana. Zurück in den Himmel. Zurück zu den Göttern. Zwei Stufen zurück ins Leben. Der Verlauf ist jeweils vorgegeben. Perspektivenunverstand. Ansonsten Vakuum. Schritte wie bei einem schönen Spaziergang im Frühling, die hin- und hergerissen, den Winter im Rücken, den Sommer noch nicht verstehen. Streben nach vorne und streben zurück. Viertausdensiebenhunderteins. Morgenrot. Sonnenlauf. Abendrot. Nacht. Gesalzener Sand an den Rändern der Erde. Trotz mit starkem Nachgeschmack. Die Reiter des Himmels jagen die Zeit. Die Mauern stehen im Sand. Die Obstbäume sind abgerissen. Jede Grauzone ist eine mögliche Vergangenheit.

4707

Blumen reden mit Wolken. Kängurus spielen mit Delfinen. Kartoffeln werden zusammengeklebt. Menschen hüpfen auf farbigen Betonplatten, wenn sie gerade nichts Besseres zu tun haben oder sie reden dummes Zeug. Die Sondersonne für Bedürftige ist eine sehr humane Angelegenheit. Die Blicke verwirren sich. Der Zorn ist abgeebbt. Viertausendsiebenhundertundsieben. Unter den Betonplatten lagern die Schätze der Vergangenheit. Auf den Betonplatten liegen die Minuten, die noch kommen werden. Die Farben bleiben die gleichen, aber die Platten müssen jedes Jahr ausgetauscht werden, wegen der Sprungbelastung. Die Erde wächst an bestimmten Punkten in den Himmel. Die Menschen entfernen sich so immer weiter vom Boden. Sie lassen die Blumen verkümmern und beschimpfen die Delfine. Die Sondersonne ist eine humane Angelegenheit. Neben den Türen werden Treppen gebaut. Die Farben verschwimmen im Nebel. Die Wolken ziehen vorüber. Wenn sie eine bestimmte Höhe erreicht haben, lösen sie sich in Nichts auf. So wird der Erde Feuchtigkeit entzogen. Kängurus werden von herunterfallenden Betonplatten erschlagen. Die Delfine freuen sich über die Farbsplitter am Meeresgrund. Die Blumen reden mit den verletzten Wolken. Die Menschen hüpfen auf farbigen Betonplatten, wenn sie nichts Besseres zu tun haben. Die Wellen schlagen an die Ufer. Die Vollendung wird aufgeweicht. Die Farben bleiben die gleichen.

4712

Die Endgeschwindigkeit des menschlichen Hirns wurde verdoppelt mit Hilfe von Starkstrom, der in die Hirnrinde geleitet wird. Wer einmal in den Genuss dieser Verdopplung gekommen ist, möchte einfach nicht mehr anders leben. Die normale, sprich halbierte Schaltgeschwindigkeit ist fast nicht erträglich. Verifizierte Unendlichkeit. Gedankliche Multiplikation der Lichtgeschwindigkeit. Das weite Blau des Himmels ist geblieben. Es gibt Wasser, das nicht mehr tropft und kalten Sonnenschein. Es gibt eine blaue Meldepflicht und violette Schneeglöckchen. Viertausendsiebenhundertundzwölf. Die Sterne stehen am Himmel. Der Alltag ist derselbe. Das Leben ist länger geworden. Die Sekunden bestimmen die Schönheit. Die Menschen tanzen, ohne sich zu bewegen. Sie besingen das Meer und die Liebe, sehen den Wellen beim Sterben zu ohne zu weinen. Der Wind weht ihnen Sand ins Gesicht. Die Erdplatten haben die Kontinente zerrissen. Es wird versichert, dass sich das wieder einrichten lässt. Das Leben pendelt sich immer wieder ein.
Es gibt nur noch ein Fahnenmodell, eine Nation und einen Glauben. Apfelhaine, Pfirsichplantagen, blühende Mandelbäume, Normgrößen, Reifen, Sonnenliegen, Unterlassungen. Die vielen Mittelpunkte beschäftigen die Menschen. Sie tragen kleine Schalter an den Schläfen, die die Geschwindigkeit regulieren, die Farben verändern oder die Perspektive verstellen können. Blaue Meldepflicht. Wir müssen sehr wachsam sein, wenn wir nicht vergessen wollen, was wirklich wichtig ist.

4717

Sprechendes Birkenwasser, anstatt Sitzungen beim Psychiater. Jeder Mensch hat seine persönliche Melkbirke, die mit ihm zusammen singt und träumt. Je grüner das Wasser ist desto blumiger die Sprache. Viertausendsiebenhundertundsiebzehn. Nach dem Aufstehen findet die erste Diskussionssimulation statt. Anschließend wird der Tagesplan durchgesprochen. Die Bilder der Nacht werden ausgetauscht. Jeden Morgen müssen die Beteiligten eine Birkenwasserprobe im zentralen Depot abliefern. Dort werden die Flüssigkeiten vermengt und ergeben so den Tagesbefehl für die gesamte Menschheit. Der Sinn des Lebens wird jeden Tag neu ausgehandelt. Die Menschen sind dankbar, dass ihnen jemand diese Bürde abnimmt. Sie sind es schon lange nicht mehr gewohnt selbst Entscheidungen zu treffen. Wer seinen Baum verliert, wird in ein Lager gesperrt, in dem kein Sinn mehr verordnet wird. Dort sind die Menschen auf sich selbst zurückgeworfen. Heute hat ein man damit begonnen Birken zu fällen. Die zentralen Befehle verlieren an Genauigkeit. Die Hoffnung hat sich auf die Insassen der Lager verlagert, die vielleicht erlernen konnten für sich und damit für andere exemplarisch einen Sinn zu entdecken.

4722

Jeder Ort hat zwei oder drei Realitäten, weil die Menschen an zwei oder drei Orten gleichzeitig sein können. Die gleiche Zeit an zwei Orten. Die Minuten verstreichen genauso lang. Die Zeilen scheinen eindeutig und sind doch an vielen Orten gleichzeitig. Die Ortsverdoppelung führt zu moralischen Verwirrungen. Die Zeit hat keinen Charakter. Das Zusammentreffen der geteilten Existenzen ist nicht vorgesehen. Die Handschrift ist austauschbar. Die Gesichter gehorchen den verschiedenen Leben. Sechs genau identische Zeigefinger. Verwirrende Lebensbeschreibungen. Wiederholungen. Taten. Vergessen. Vervielfältigte Wirklichkeit. Erschaftsstreitigkeiten. Verschachtelte Lebendigkeit. Vier Ohren. Etliche Haare. Zur Schau gestellte Eitelkeit. Verdecktes Grün. Zerstreutes Ocker. Ohnmächtige Zeitangleichungsseufzer. Bewiesene Beschäftigungsstrukturen. Beschaffungen, die verdoppelt werden müssen, gemessen am Ganzen. Haarshampoo. Zahnpasta. Unterhosen. Wechselrahmen. Schmuck und Juwelen. Watte. Verständigungsapparate. Raumveredler. Tonverschwender. Die Zustände brechen ineinander. Schweigen. Schleifen und Schlemmen. An verschiedenen Orten auf der ganzen Welt zur gleichen Zeit. Viertausendsiebenhundertundzweiundzwanzig. Die Verstrickungen überfordern die meisten. Glücklich, wer sich selbst vergessen kann.

Die Menschen können sich gegenseitig Bescheinigungen ausstellen, die bezeugen, dass der jeweils andere lebendig ist. Der Aussteller gibt etwas ab von der Zeit, die der andere zu seinen Gunsten verwerten zu können scheint. Meistens bildet sich ein schwebender Ausgleich. Für Menschen, die nicht genug bekommen können und solche, die genug haben, ergeben sich geschickte Lösungen. Ein Weiterverkauf ist nicht gestattet. Viertausendsiebenhundertundvierzig. Es gibt Menschen, die die Zeit beschleunigen und solche, die sie verlangsamen. Der Handlungsrahmen ist dabei nicht verschiebbar. Das sichert eine scheinbar selbstverantwortliche Lebensgestaltung. Wechselhafte Stimmungen können stellenweise übersprungen werden. Wer sich berufen fühlt, seine Zeit zu verschenken, kann dies tun. Es gibt keine gute oder schlechte Zeit in diesem Bescheinigungskreislauf. Wenn sich ein zum Tode Verurteilter verpflichtet, seine gesamte Zeit zu verschenken, dann wird er begnadigt. Wer Geschmack am Leben hat, der sollte vorsichtig sein mit unbedachten Unterschriften. Bescheinigungen, die einmal unterschrieben sind, können nicht widerrufen werden.

4768

Es ist verboten die Hände zu falten. Es ist verboten zu lachen. Es ist strickt untersagt die Blumen auf den Dächern zu pflücken. Es ist weitgehend erlaubt umständliche Erklärungen zu erfinden und diese überzeugend vorzutragen. Die jeweilige Übersetzung erfordert Zeit und Geduld. Verbote alleine können nicht genügen. Es wird sehr darauf geachtet, dass sie jeder verstehen kann. Viertausendsiebenhundertundachtundsechzig. Damals, darüber, dagegen. Die Schilder werden immer größer. Die Beleuchtungswahrscheinlichkeit wird ausgedehnt. Die Erlebnisse stürzen ineinander. Woher die Stimmen kommen, wissen wir nicht. So ungenau ist der Raum. Direkt, darüber. Das Licht wirkt wie eingeschweißt. Schalen zerbrechen. Dampf fließt aus den Nasen. Zum Glück gibt es die mutigen Ritter, die jeden vorbeilaufenden Drachen zum Kampf herausfordern. Die Notwendigkeiten bedingen sich oft gegenseitig. Die Horizonte vibrieren. Es ist verboten sie zu betreten. Es ist strickt untersagt den farbigen Dampf einzufangen. Die wenigen verbleibenden Ritter zeigen gewisse Ermüdungserscheinungen und ausgerechnet nächstes Jahr sollen alle Verbote aufgehoben werden. Die Freiheit wird wiedereröffnet. Es scheint daher ein guter Zeitpunkt zu sein für eine Horizonterweiterung.

4789

Die kleine Überraschung zog einen Gruppenschock nach sich. Wer rechnet schon damit, besonders wenn es das erste Mal ist. Dass die Kinder als kleine grüne Würfel zur Welt kommen, wirkt überraschend, besonders wenn es einen selbst betrifft. Die Würfelkinder müssen nach der Geburt regelrecht ausgebrütet werden. Die süßen, kleinen Würfel enthalten nicht etwa ein winziges Menschlein, sondern sie wachsen zu prächtigen Schmetterlingen heran. Nach etwa einem Jahr wachsen ihnen Arme und Beine aus den geraden Flügeln. Das Gesicht ist vorerst noch flach und in die bunten Farben verwebt. Mit dem vollendeten zwanzigsten Lebensjahr haben sich die Kanten und die geflügelte Vergangenheit weitgehend verwachsen. Viertausendsiebenhundertundneunundachtzig.

Die erste Würfelgeburt ist nun schon 30 Jahre vergangen. Kleinkindattrappen werden in Taschen getragen oder als Puppen getarnt. Würfelspiele haben etwas Gewalttätiges. Mit Kindern zu würfeln ist nicht erlaubt. Gold wird nicht mehr in quaderförmigen Barren angeboten, damit es keine Verwechslungen gibt. Die Häuser werden kindgerecht gepolstert. Leben ist nach der Geburt nicht eindeutig feststellbar. Großmütter können die veränderte Situation nicht begreifen. Vor allem die grüne Farbe scheint sie zu irritieren.

Die Erklärungen der Wissenschaft sind wenig überzeugend.

Die Zeiten der Umstandsmode sind keineswegs vorüber. Sie ist allerdings weniger zwingend. Die verschiedenen Schönheitsideale aus alter und neuer Zeit bestehen gewissermaßen nebeneinander.

4812

Das Thema von Mensch und Natur wird nun abermals behandelt . Viertausendachthundertundzwölf. Die dunkelgrauen Wolken ziehen ohne Lokomotivführer zwischen den Häusern entlang, streifen draußen vor der Stadt die Bäume und verrichten die feiertäglichen Luftkämpfe auf dem Weg ins Wochenendvergnügen. Die Schwierigkeiten schweigen im Regentraum. Die Winde genießen verzückt ihre vollendete Kraft. Die Hasen auf den Feldern blinzeln ungläubig in alle Richtungen. Die niederstürzenden Adler haben schon so manchem Hasenkind das Leben gekostet. Mit dem Alter verschwinden die gelben Punkte auf den Rücken der Adler. Sehr gerne erleben sie den Tag, der in Gelb beginnt und in Rot vorübergeht. Die Hasenaugen leuchten in der Nacht. Die Lichter fressen das Gras. Jeder von uns trägt den Sonnenschein im Herzen. In ihren weitverzweigten Gängen leuchten die Augen besonders geheimnisvoll. Lautlos kreisen die Adler am Himmel. Hinter ihnen sind die funkelnden Sterne und doch können die Hasen keine Liebe für sie empfinden.

4837

Bescheidener Gleichmut, der sich im Kreise dreht. Verstreute Blütenblätter. Die Dramatik erfindet sich selbstbestimmt. Schweigen und Reden sehen sich an. Die Worte vergehen. Sie schweben in das Schweigen hinein und füllen es vollständig aus. Wir singen den Tag entlang, streifen den Abend und versuchen die Nacht zu überleben. Viertausendachthundertundsiebenunddreißig. Blütenblätter in den Augen getragen. Überhaupt. Überall Blumen. Farbüberlastungen und Formverschwendungen. Die Augen wirken wie Fingerringe. Wassertürme. Menschen. Tiere. Lagerhallen. Zu Bildern gehören Gedanken. Blumen in allen Farben. Sie schweben scheinbar schwerelos. Sie haben sich unabhängig gemacht von der Erde und von den Insekten. Erleben den Tag. Die Rosen scheinen im Licht zu tanzen. Sie kennen die alten Legenden und bevölkern die Erde bis in den letzten Winkel hinein. An jeder Ecke Blumen. Immer mehr Arten ergreifen die Gelegenheit sich ihnen anzuschließen. Sie machen keine Politik und brauchen keine Gesetze. Außerdem ist niemand da, der sie danach fragen könnte. Die Pracht entfaltet sich ohne Grund. Es ist still geworden auf der Erde. Kein Gekreische auf den Bäumen und in den Häusern. Keine Zikaden, keine dunklen Schatten. Ein großes Wachsen und Vergehen. Zwei Menschen sehen sich von oben aus dem Weltraum die bunte Kugel an.

4900

Eine große Katastrophe vor langer Zeit hat das Alte komplett vernichtet. Alles ist ausradiert. Das Warten auf einen neuen Urknall hindert die Planeten an ihrem Glück. Behaglich schwerelos schwebt der Weltraum dahin. Die Unterscheidung bezieht sich auf das Jetzt. Im All wohnen keine Seelen. Die große Katastrophe hat alles ausgelöscht. Kein Etwas kann sich erinnern im Jahre viertausendneunhundert. Es klingt unglaublich und doch muss es erzählt werden. Im Inneren der alten Welt haben sich die Kräfte zusammengeschlossen, die den Urknall nachahmen wollen. Die menschliche Mannigfaltigkeit ist in das Innere der Erde gesickert. Die ungenannten Kräfte infizieren die Dunkelalgen und überreden das flüssige Gestein zum Ausbruch. Die Algen machen dem heißen Steinen die köstlichsten Versprechungen. Ungeduld und Neid verbreiten sich trotz der hohen Temperaturen. Alle wollen die ersten sein. Sie wollen raus aus dem, was sie plötzlich als Enge empfinden. Was sie vorher nicht hinterfragt und beachtet hatten. Die Folge ist einfach und klar. Das Ende der Welt ist ein großes Feuerwerk.
Die Trümmer schwirren herum in allen Galaxien. Die Algen sind in treuer Pflichterfüllung verglüht. Die Versprechungen haben sich in der Schwerelosigkeit verlaufen. Das Jetzt und Heute ist nicht da.
Die Katastrophe wäre sicherlich hübsch anzuschauen gewesen.
Die Zeit lässt sich nicht zurückdrehen. Am Ende hat der Mensch so wenig zu melden wie am Anfang.